なごり雪

新堂冬樹

角川文庫
23627

目次

プロローグ 5
第一章 12
第二章 186
第三章 232
第四章 290
エピローグ 324

プロローグ

青く澄み渡る湖、陽光に煌めく湖面を優雅に泳ぐ番の白鳥、碧空に浮く入道雲、対岸に聳えるエメラルドグリーンの尖塔の聖母聖堂……海斗は、絵葉書から飛び出したようなリマト川の風景を眺めていた。

日本人離れした彫の深い顔には、無精ひげが目立っていた。

仕事をしていたときは、企画以外でひげを生やすことはNGだった。

もう、三十分は同じ場所にいた。

海斗は銅像のように、微動だにせずリマト川に顔を向けていた。

風景を瞳に焼きつけるとでもいうように……。

無意味なことだと、わかっていた。

この美しい景色も、過去の記憶とともに消えてしまう……いや、消えるのではなく、自らの意志で消してしまうのだ。

スイスのチューリヒは、古都との思い出の場所だった。

——男として最低ね。

その女性は、突然、宿泊先のルツェルンのガーデンカフェにいた海斗の前に現れた。

——君、誰？

——女の人に枯れるとか皺々（しわしわ）とか言うなんて、デリカシーがなさすぎだと思わない⁉

女性は勝手に正面の席に座り、海斗を睨（にら）みつけ非難した。

——だから、君は誰？

——私は「バーグ」のライターで、小野寺（おのでら）古都よ。

相変わらず海斗を睨みつけたまま、女性は名刺を差し出してきた。

初対面のライターが、取材するトップモデルに取る態度にしては失礼過ぎた。

ほかの女性はみな、海斗を煌めく瞳でみつめた。

しかし、その瞳に映るのは装飾された海斗だった。

彼女の瞳は煌めいていないが、澄んでいた。

そして、ありのままの海斗が映っていた。

立場を弁(わきま)えない無礼で勝気な女性の存在は、海斗の胸に深く刻まれた。

スワンボートに乗るフランス人らしき若いカップルが、抱擁し唇を重ねていた。

老夫婦が手を繋(つな)ぎ、河岸を散策していた。

海斗は、空に視線を移した。

天国があると、信じているわけではない。

だからといって、地獄があるとも思っていない。

決意してから、心変わりしないようにスピリチュアル関係の本を読み漁(あさ)った。

あなたの心の状態で、いまいる場所が天国にも地獄にもなる。

ある書物に書いてあった、アメリカの哲学者の言葉だった。

その言葉通りだとすれば、海斗のいる場所は間違いなく地獄だ。

神など信じていない。

自分の心が創り出した……という言葉を信じたのだ。

心残りは数えきれない……心残りばかりだ。

とくに後悔しているのは、古都を人生に巻き込んだことだ。

——私がいるよ。ずっと……私は、海斗のそばにいるから。

記憶の中の古都の声に、海斗の胸は締めつけられた。

古都の自分への想いが純粋であるほどに、耐え難かった。

もし彼女が、これまでの女性達のように自分とつき合うことをステータスだと思っていたのなら、どんなに楽だろう。

もし彼女が、これまでの女性達のようにアクセサリー感覚で自分を見ていたのなら、どんなに楽だろう。

愛し愛されることがこんなに残酷だと、初めて知った。

——だったら、僕と同じになってみろよ。できないなら、きれいごとは言わないでくれ！

あのときの古都の哀しげな瞳を、いまでも忘れない。

海斗は、古都を避け続けた。

その頃には身の回りの整理も終え、スイスに渡る日が決まっていた。

一緒に暮らしていた母を説得するのに一ヵ月の月日が流れた。

母から笑顔が消えた。

母は涙に暮れる日々を送った。

それを選択することが、親不孝だとわかっていた。

わかっていたが、それを選択しないで迷惑をかけたくはなかった。

一年余り前と同じに、リマト川の畔には特別な時間が流れていた。

一年余り前と違うのは、川面の煌めきも空の青も白鳥の優美さも、海斗の瞳に残酷に映ることだった。

海斗を取り巻く環境は百八十度変わっても、大自然はいつもと同じ時を刻んでいる。

――いつでも、取りやめられるのよね？

スイスから送られてきたパンフレットを訳した用紙を読みながら、母は涙声で訊ねてきた。

母の言う通り、実行する直前まで取りやめることはできる。

あくまでも、本人の意志を尊重するというのがルールだった。

だが、海斗にはわかっていた。

最期の瞬間まで、翻意はしないということを……。

「ママー。あの人の椅子に、どうして車がついてるの？」

海斗は、声の方向に首を巡らせた。

ブロンドにブルーの瞳をした幼い男の子が、海斗を指差しながら母親に問いかけていた。

スイスのファッションショーに出演が決まると信じてドイツ語を猛勉強したことを、後悔したのは初めてだった。

海斗は男の子に微笑みかけ、顔を正面に戻し眼を閉じた。

あと少し……あと少しで解放される。

頬に、冷たいものが触れた。

海斗は、ゆっくりと眼を開けた。

午後五時を告げる教会のチャペルの鐘に乗り、空からたんぽぽの綿毛のような雪がふわふわと落ちてきた。

七月の雪……季節外れの雪。

――雪……なごり雪……。

天を仰ぎ、古都がぽっかりと口を開けた。

海斗も空を見上げた。
藍色（あいいろ）の空から、白く小さな奇跡が降ってきた。

海斗は、思い出の扉を閉めた。
なごり雪が、涙に滲（にじ）んだ。

第一章

1

「先輩っ、見てください！　ほらっ、あれ！　路面電車が走ってますよ！」

チューリヒ中央駅を出た古都は興奮気味の口調で言いながら、チューリヒ湖に続く通りを先に歩いていた香織の腕を摑んだ。

「ああ、トラムね。スイスでは、車が渋滞するからトラムの利用者が多いの」

「へぇ！　トラムって言うんですね。ねえ、先輩、お茶しません？」

古都は、スイトピーが咲き乱れるような赤いパラソルが連なるリマト川沿いのオープンカフェを指差した。

「まったく、遊びにきたんじゃないのよ。早くチェックインしなきゃ。今日は、海斗のマネージャーと打ち合わせがあるんだからさ」

「マネージャーさんと会うのは三時でしたよね？　まだ、三時間もありますよ？　お願いします。喉がからからで死にそうなんです」

喉に手を当て舌を出す古都に、呆れたような顔で小さく首を横に振った香織がオープンカフェに足を向けた。

テーブルに着くと、ブロンドの髪の若い女性が注文を取りにきた。

「私、アイスコーヒーをお願いします！」

「ここは日本じゃないのよ」

困惑顔のウエイトレスを見て古都は、堂々と日本語で注文していることに初めて気づいた。

「それに、スイスじゃまだアイスコーヒーが定着してないから、アイスコーヒーって注文したらコーヒーパフェが出てくるわよ。そうならないように頼んであげる」

古都が頷くと、香織が英語ではない言語で注文を告げた。

「先輩、いまの、何語ですか？」

古都は、興味津々の顔で訊ねた。

「ドイツ語よ。スイスは、地域によってフランス語やイタリア語を使うところもあるけれど、チューリヒはドイツ語なの」

「凄い凄い！　先輩って、頭いいんですね！」

「いまの仕事を始めて、ヨーロッパに取材に行くことが多くなったからね。対象が日本人ならいいけどさ、現地のデザイナーやメーカーの人間に話を聞かなきゃいけないときに、いちいち通訳なんてつけてられないでしょう？　ただでさえ私達日本のファッション誌はコバエ扱いだから」

香織は言いながら、肩を竦めた。

「コバエ？」

「ウザく寄ってくるって意味よ」

「なるほど！　うまいこと言いますね！」

古都は、胸前で手を叩き大声を出した。

「あなた、なに感心してんのよ？　コバエなんて言われて、嫌じゃないの？」

「嫌じゃないですよ。だって、私、コバエじゃないですから」

古都は、あっけらかんとした口調で言った。

「あなたって、楽観的っていうか天然っていうか……」

香織が、呆れた顔を古都に向けた。

「私も、先輩みたいにフランス語やドイツ語を覚えなきゃですね」

「英語は喋れるんだっけ？」

「中学生程度のスクール英語なら。ペラペラな言語はジャパニーズだけです。因みに、現代国語のテストはいつもクラスで三位以内でした」

「なに得意げに言ってるのよ。フランス語やドイツ語に行く前に、まずは、英語を完璧に会話できるように勉強しなさい。英語だと、たいていの国で通用するから」

「Bitte（どうぞ）」

　ブロンドのウエイトレスが、古都と香織の前にコーヒー牛乳のような色の液体の入ったグラスを置いた。

「あの人、アイス・カフェ・オ・レと間違ったんじゃないんですか？　すみませ……」

「呼ばなくていいって。間違ってないわ。日本みたいに、ブラックのコーヒーに氷が入った状態で出てくることはないの。そもそも、アイスコーヒーは大正時代に日本で始まった飲み方なのよ。アイスクリームが載ってないだけ、ましだと思いなさい」

　香織が諭すように言った。

「日本の常識は、世界の非常識なんですね～」

　古都は言いながら、ストローでスイス式アイスコーヒーを吸い上げた。

　薄めたコーヒー牛乳といった味だった。

「たまには、いいこと言う……」

「あ、先輩っ、あのワンちゃん、ワイマラナーっていうんですよ」

　古都は、斜め前のテーブル――気品ある老婦人の足もとで行儀よくお座りするシルバーグレイの短毛の中型犬に視線をやった。

「あなた、人の話を遮るの悪い癖よ」

　香織が、古都を窘（たしな）めた。

「すみません！　で、ワイマラナーって、日本ではほとんど飼っている人をみかけないんですけど、さすがワンコ大国ヨーロッパですね」

謝るのもそこそこに、犬の説明を続ける古都に香織が苦笑した。

「なんだか、気難しそうな顔をしているわね」

「ドイツ原産の狩猟犬で、活発で、頑固で、聡明で、警戒心の強いワンコなんです。警戒心が強いっていうこと以外、私にそっくりだと思いません？」

冗談っぽく言うと、古都はニッと笑った。

「おっちょこちょいで不器用って性格は入ってないの？　あなた、そう言えば、ウチの出版社にくる前にトリマーをやってたんだっけ？」

香織が、思い出したように訊ねてきた。

「はい、動物が大好きで、トリマーか獣医か悩んだんですけど……勉強がねぇ」

古都は顔を顰め、下唇を突き出した。

「トリマーをやっていた人が、どうしてまたファッションライターなんて畑違いの仕事をやる気になったの？」

「もともとファッション業界には興味がありましたし、将来はアパレル関係の仕事をやりたかったんです」

「ファッション誌の仕事は、ほかにもいくらでもあったのになんでライターを選んだの？　編集とかもあるでしょう？」

香織が不思議そうな顔を向けてきた。

「編集だとデスクワークが主でしょう？　私、じっとしているのが苦手で、それに、人に触れる仕事をやりたかったんです。トリマーのときは犬猫が相手で、この仕事は人間……動物に変わりはありませんからね！」

古都は高校を卒業してすぐに、ペットショップで働く傍らライターの専門学校に通った。

高校時代に愛読していたファッション誌に連載されていた、ある女性ライターのコラムを読むのが愉しみだった。

モデルさんって、なにをやっても様になるのよねぇ。楽屋でミネラルウォーターを飲んでいる姿もいちいち美しくて、CMみたいでさ。私みたいに、グホッとか噎せたりしないもんね。そもそも、あの人たちの手足の長さと細さって、もう、同じ人間と思えないんだから。足を組んで座っているだけでも、表参道ヒルズのショーウィンドウのマネキンか！　ってツッコミ入れたくなるし（笑）。

とにかくもう、ファッションライターになってからは、見る女性、見る女性がカルチャーショックの連続！　だって、いままで外国人でしか見たことのないような十頭身レディが周りにうじゃこらしてるんだもん。

百五十センチ、五十五キロのちびぽちゃレディの私はまるで、NBAの選手に交じった中年サラリーマン、カモシカの中のカピバラ……ああ、自信喪失&自己嫌悪！

古都は、ストローで吸い上げたスイス式アイスコーヒーをテーブルに吹き出し激しく噎せた。

「ちょっと、あなた、なにやってるの⁉　汚いわね」

香織が眉を顰める周囲の客達を気にしながら、ハンカチでテーブルを拭いた。

「ソーリー！　ソーリー！」

古都が周囲に頭を下げると、客達の眉間に深い皺が刻まれた。

「あれ……？」

「馬鹿ね。それは英語。それくらいドイツ語かフランス語で言えるようにしなさい」

呆れた顔で、香織が古都を窘めた。

「あ、ボンジュール！　でしたね？」

「それはこんにちは、でしょうに……まったく」

香織が、大きなため息を吐いた。

古都は照れ笑いを浮かべた。

今回のように海を越えて活躍するモデルを取材する仕事に備え、香織の言う通り語学を勉強する必要があった。

「で、どうしたの？　急に笑い出しちゃったりして」

「こーひーみるくさんのコラムを……『イラッときたらコーヒーブレイク』を思い出したんです。私、彼女のコラムが大好きでした。あの人の自虐的な語り口が最高で、だけど悲観的でなくて、明るくて……私でもファッションライターになれるんじゃないかって自信を与えてくれました」

「ああ、彼女、独特な感性でカリスマ性があって信者が多かったからね」

「ですよね！　私、あのコラムに出会わなかったら、トリマーを続けていたかもしれません。そういえばこーひーみるくさんって、どうしてライターを辞めちゃったんですか？」

古都は、ずっと疑問に思っていたことを口にした。

二年前に突然コラムが終了し、こーひーみるくはファッション業界から姿を消した。

子育てに専念するため、重病を患ったため、コラムの内容に業界から批判が殺到したため……彼女が業界から消えた理由が、根も葉もない噂として飛び交った。

それだけ、こーひーみるくの存在がファッション界で大きなものとなっていたということだ。

「あら、知らなかったの？」

香織が、「エプティンガー」が勢いよく気泡を上げるグラスを口もとに運んだ。

気泡が、日本の炭酸水より強い気がした。

「一口、貰ってもいいですか？」

持ち前の好奇心に抗えず、古都は口に出していた。

差し出されたグラスを傾けた古都は、口内に広がる鉄の味に顔を顰めた。

「日本と違ってヨーロッパでは硬水が好まれるの。『エプティンガー』は中でも硬度が高くて、日本で一般的に売られているミネラルウォーターの四、五十倍はあるのよ」

「そんなにあるんですか⁉ なんか、岩の粉末が入った水を飲んでいるみたいでした。よく、こんな飲みにくいものを店に置いてますね」

古都は、スイス式のアイスコーヒーで口直しをしながら言った。

「スイスでは逆に、日本の軟水を不満に思う人が多いのよ。ファッションも同じ。日本で売れているからってそれを押し通そうとすれば、フランスやイタリアでは通用しないわ。郷に入っては郷に従え、よ」

香織は口うるさいところはあるが、尊敬できる先輩であり上司だった。

そしてなにより、古都が一人前のファッションライターになれるよう育ててくれている。

飛ぶ鳥を落とす勢いの新進気鋭のトップモデル……海斗の海外でのファッションショーの取材は、香織が編集長を務めるファッション誌「バーグ」の目玉企画だった。

キャリア二年そこそこの古都を指名してくれたのも、香織が目をかけてくれている証だった。

「あ、そうそう、こーひーみるくさんの話！　ファッション界からいなくなっちゃったの、どうしてですか⁉」

古都は、肝心な話を思い出した。

「話があっちこっちするのも、あなたの悪い癖よ。私が聞いた話では、あるモデルが原因らしいの」

「男性モデルですか？」

「うん。二年くらい前にこーひーさんが、ある雑誌の取材で若手の男性モデルのインタビューをしたときの話よ。一日どのくらい鏡見ている？　とか、女の子と最近チュウしたのいつ？　とか、ビジュアルで負けたと思ったモデルは誰？　とか、いつもの調子で、聞きづらい質問をズケズケしていたみたいでさ」

「ああ、彼女らしいですね」

こーひーみるくの人気の一つに、完璧なビジュアルのモデル達にファッション誌とは場違いで低俗な質問をぶつけるというものがあった。

彼女のあっけらかんとした憎めないキャラクターのおかげで、読者だけでなくモデルからの人気も高かった。

「まあ、こーひーさんのお家芸みたいなもので、またまた～みたいな感じでモデルさん達も認知していたからね。だけど、その男性モデルはガチでダメ出ししたみたいでさ」

「えーっ、ひどい！　その馬鹿モデルは、どんなダメ出ししたんですか⁉」

古都は、憤然とした口調で訊ねた。

大好きなファッションライターを引退に追い込んだ会ったことのない男性モデルへの怒りで、白鳥が優雅に泳ぐ湖の美しさも視界に入らなくなった。

「そこまでは知らないけど、心臓に毛の生えたようなこーひーさんの心を折っちゃうくらいなんだから、相当に辛辣な言葉を浴びせたんじゃないかしら」

「なんて器の小さい男なの！　だから、男のモデルは嫌いなのよ！　そもそも、自分の顔やスタイルにうっとりしているような男だから、こーひーみるくさんが敢えて俗的な質問をする意味と価値がわからないで逆切れしちゃうのよっ。だいたい……」

「そのへんにしておきなさい。今回の仕事がやりづらくなるから」

古都を遮り、香織が窘めた。

「え？　どうしてですか？」

「スイスで取材する海斗が、そのモデルだから」

「え……」

古都は、二の句が継げなかった。

「そろそろ行くわよ」

香織が宙に掲げた左の掌に右手でなにか書く仕草をすると、気づいたケルナーが笑顔で歩み寄ってきた。

「日本みたいに、すいませーん、とか大声で呼んだらだめよ。そういう下品な行為は、スイスでは不快に思われるから」

香織はテーブルに十スイスフラン二枚を置くと、笑顔でケルナーになにかを言い残し席を立った。

「先輩、お釣りはいいんですか？」

古都は香織のあとを追いつつ訊ねた。

「チップを置いていくのよ。カフェやレストランでは、端数を切り上げる感じかな」

「あ、そうか！　ガイドブック読んで勉強したんですけど、忘れてました。それより、海斗の……」

「話はあとあと。遅れたら大変だから、トラムに乗るわよ」

香織は言い終わらないうちに、アスファルトの中央の停留所に向かって駆け出した。

☆

ブランドショップ、デパート、カフェ、ワインショップ、チョコレートショップ、ジュエリーショップ……トラムの窓越しに移りゆくバーンホフシュトラッセの景色は、観ているだけで胸がワクワクした。

車内には、リュックを背負った欧米人のカップルと地元の住人らしき男女が数人乗っているだけで、席に座ることができた。

「あそこで、現在どこを通過しているかと、各停留所の到着時間がわかるから」

香織が、天井に設置されているモニターを指差した。

「次の停留所で降りるときは、この緑のボタンを押すの。押したら、モニターでストップの赤い文字が停留所名のところに表示されているかを確認して。あ、それから、ドアも日本の電車みたいに自動で開いてくれないから、緑のボタンを押して自分で開くのよ」

修学旅行生を引率する教師のように、香織が懇切丁寧に説明した。

「何個目の停留所で降りるんですか？」

「五つ目よ。あ、海斗の話だったわね。海斗は知っての通り、いまや飛ぶ鳥を落とす勢いの売れっ子だから、意見する人がいない状態で完全にこれよ」

香織が、右の拳（こぶし）を鼻の頭に当てた。

「天狗（てんぐ）ってことですか？」

「うん。少しでも気に入らないことがあったら楽屋から出てこないし、ライターを完全に見下しているから取材のときもめちゃめちゃ横柄な態度だし、出版社の評判は最悪よ」

「海斗って、いくつでしたっけ？」

「あなたと同い年の二十四歳。取材するモデルの年齢もわからないと、それこそ海斗にケチョンケチョンに言われるわよ」

「二十四！　こーひーみるくさんより全然年下じゃないですか!?　若造のくせに目上の人にたいして礼儀知らずな暴言を吐くなんて、私がガツンと言ってやりますよ！」

古都は、鼻息荒く言った。

「あなた、私の首を飛ばす気!?」

香織が、険しい顔を古都に向けた。

「え?」

「この世界はね、歳が若かろうが性格が悪かろうがモデルは神よ。私達の仕事は、モデルがあってこその仕事なんだから。それに、特集を組んだら部数が倍に伸びるほど海斗はドル箱なの」

「だからって、言いなりになるのは……」

「言いなりにでもイエスマンにでもなりなさい!」

香織が厳しい口調で古都に命じた。

「でも、ライターとしての誇りが……」

「そんな一円の価値もないもの、捨てなさいっ。ファッションライターに必要なのは誇りなんかじゃなくて、モデルからいいコメントを引き出すテクニックよ。モデルの機嫌を損ねて取材拒否されたら一巻の終わりよっ。スイス取材の経費だって、二人分でいくらかかっていると思っているの?『バーグ』に海斗の特集記事を載せられなかったら、あなたの首だけじゃ責任取れないんだからね」

香織の勢いに気圧(けお)され、古都は反論する気力もなくなった。

「バーグ」は日本で五本指に入るメジャーなファッション誌だった。

古都が編集部に採用されたのは奇跡といってもよかった。

第一志望の編集部は不採用で、第二志望の営業部への配属が決まっていた。

奇跡が起きたのは、内定していた女性が入社間近に妊娠して欠員が出たからだった。

「すみませんでした！　夢だった『バーグ』の編集部の一員になれたというのに、解雇されるなんて冗談じゃありませんっ。どんなに嫌な奴が相手でも、プロとして最高の記事になるように全力を尽くします」

古都は鼻息荒く言うと、胸を叩いた。

「一言余計なの！　とにかく、海斗は王様で私達は召使いの気持ちで。いいわね？」

「召使い……」

「なに？　不満なの？」

香織が冷え冷えとした眼を古都に向けた。

「え？　不満なんて、とんでもないです！　最高の特集記事にするために、召使いにでも奴隷にでも、なんにでもなりますよ！」

古都は、力こぶを作って見せた。

「ほら、押しなさい」

唐突に、香織が言った。

「え？」

意味がわからず、古都は首を傾げた。

「教えたでしょ？　緑のボタン。次の停留所だから」

「あ、ああ！　はい！」

慌てて古都は立ち上がり、降車を告げるボタンを押した。

2

ブランドショップが並ぶ菩提樹（ぼだいじゅ）の並木道に建つ重厚なビルの前で、香織が足を止めた。

「着いたわよ」

「ここですか？　モデル事務所っていうより、博物館みたいですね」

古都は、ビルを見上げながら言った。

「看板があるでしょう？」

香織が指差す先――ビルの二階に「Soupir（ソピア）」の看板が出ていた。

「ソピア」は海斗が所属する日本最大手のモデル事務所で、パリ、ロンドン、チューリヒ、ニューヨークに支所を構えていた。

「なんか、いまさら緊張してきました」

「あなたでも、緊張する人間らしさがあったの？」

香織が、からかうように言った。

「しますよ！　私をどんな人間だと……あ、ちょっと、待ってください！」

話の途中でエントランスに入る香織の背中を、古都は追った。

広大なフロアに、赤い象、黄色の豚、青いワニ、緑のライオンのデザインソファが点在していた。

☆

古都と香織は、白いクジラのロングソファに並んで座っていた。

「Bitte warten Sie einen Moment（少々お待ちください）」

ブロンドのベリーショートの女性が、ガス入りのミネラルウォーターのボトルと二客のグラスをガラステーブルに置くと、笑顔で言い残し立ち去った。

「これが事務所？　テーマパークみたい……」

古都は、周囲に首を巡らせながら呆気（あっけ）に取られた顔で呟（つぶや）いた。

そこここのソファでは、社員らしき男女がＰＣやスマートフォンのディスプレイを覗（のぞ）き込んでいた。

服装もみな、デニムやＴシャツといったカジュアルなものだった。

「休憩してるんですかね？」

「まさか。仕事してるのよ」

「え？　あれで？」

「オフィスでデスクに座って仕事するっていうのは、日本の感覚よ。リラックスした思考から斬新（ざんしん）な発想が生まれるというのがスイス支所の理念よ。海外には海外でのスタイルがあるんだから、あなたも早く慣れなさい」

「私も、スイス式が合ってるかな。アイスコーヒーは、日本式のほうがいいですけど」

「なに言ってるの。あなたは、自由にしたいだけでしょうが」

香織が呆れたように言った。

「違いますっ。私は……」

「海斗のマネージャーの倉木(くらき)です」

黒のニットのセーターに黒のスキニージーンズを穿(は)いた長身の女性が、古都達の正面のイルカのソファに腰を下ろし、テーブルに名刺を二枚置いた。

絹の光沢を放つロングヘア、掌で隠れそうな小顔、細長い手足……倉木はモデル顔負けのビジュアルをしていた。

もしかしたら、元モデルなのかもしれない。

「今回は、当誌の取材を受けて頂きありがとうございます。私、編集長の石崎(いしざき)と申します」

香織が、両手で名刺を差し出した。

「思っていたより、お若い方なのね」

倉木が名刺を受け取りながら言った。

たしかに、三十歳で「バーグ」の編集長になった香織は歴代最年少だが、二十四歳の古都とそう変わらないように見える倉木が言うと違和感がある。

古都には上からの物言いに聞こえ、あまり気持ちのいいものではなかった。

「いえいえ、若作りの賜物ですよ。倉木さんのほうこそ、モデルさん顔負けにお美しいですね」

遜(へりくだ)りおべんちゃらを使う香織を見るのも、気持ちのいいものではない。

「時間がないので、仕事の話に入りましょう」

にこりともせずに言うと、倉木がタブレットPCの操作を始めた。

「あ、その前に、ウチのライターを……」

「アシスタントさんのご紹介は必要ありません」

にべもなく、倉木が言った。

「あの……いっ……」

「ですよね～」

口を開こうとした古都の足を、香織が踏みつけた。

「『スイスコレクションinチューリヒ』が開催されるのは明後日(あさって)……三月三日から六日の四日間です。海斗は最終日の六日に出演します。それまではリハーサルや衣装合わせで分刻みのスケジュールなので、インタビューは六日の出演後のバックステージでお願いします」

倉木が、タブレットPCでタイムスケジュールを確認しながら淡々と言った。

「了解しました。では、三日から五日は密着で本番に挑む海斗さんの撮影だけ……」

「無理です。リハーサルや衣装合わせで分刻みのスケジュールと言いましたよね？」

香織を遮り、倉木が冷え冷えとした声で言った。

「インタビューはせずに、写真を撮るだけですからお願いします」

「海斗は繊細なので、他人がそばにいるだけで気が休まりません。写真を撮られたらなおさらです」

「海斗さんの気に障らないように徹頭徹尾配慮しますから、この通りです」

香織が頭を下げた。

「頼まれても無理なものは無理です。本番前に海斗が体調やビジュアルコンディションを崩したらどうするんですか？」

倉木は取り付く島もなかった。

「ですが、ウチも海斗さんの特集記事という企画でスイスまできていますし、日本の『ソピア』のマネージャーさんに密着取材の許可も頂いていますので、撮影ができないとなると……」

「私は許可していません。海斗の仕事はチーフマネージャーの私が全権を握っています。『ソピア』の本社のマネージャーは、私のほうから叱っておきます」

香織を遮り、倉木が一方的に言った。

「そこをなんとか、お願いできませんか？　決して海斗さんのコンディションに影響が出るようなことはしませんから」

ふたたび頭を下げる香織に、古都は胸が痛んだ。

香織が執拗に食い下がるのも、無理はない。

海斗の密着取材ができないとなると、編集長である香織の責任問題は免れない。

最悪、編集長の椅子を追われる可能性もあった。

古都が「バーグ」に入社以来、香織はなにかと気遣ってくれた。

厳しくダメ出しを連発するのも、古都を一人前のライターにするためだ。

スイスまで同行させて貰いながら、香織を窮地に立たせるわけにはいかない。

「あなたも、しつこい人ですね。何時間そうやって粘られても、六日のショーの出演後のインタビューしか許可は出せません。その代わりといってはなんですが、特別にインタビューは十分差し上げます」

倉木が、恩着せがましく言った。

「十分だけですか⁉」

香織が弾かれたように顔を上げた。

「ええ。不満ですか？」

「密着取材もできない上に、たった十分のインタビューでどうやって特集記事を作れと言うんですか⁉」

「ほかのプレスには五分しかあげていません。倍の時間貰っても不服なら、無理に海斗の記事を書いてくれなくてもいいんですよ？　どうします？　やめますか？」

倉木が、加虐的な冷笑を浮かべつつ香織に二者択一を迫ってきた。

「いえ……わがままを言って、すみませんでした。やらせて頂きます」

香織が力なく白旗を上げた。

「わかって頂けたなら、それで結構です。では、早速、六日の段どりを……」

倉木の声を、古都がテーブルに掌を叩きつける衝撃音が遮った。

「売れっ子モデルのチーフだかなんだか知りませんけど、さっきからその態度はなんですか！」

予期せぬ古都の反撃に虚を衝かれた倉木が、驚いた顔で固まった。

香織も、あんぐりと口を開けて表情を失っていた。

「小野寺さん、やめなさい！　倉木さんに、失礼でしょう」

我を取り戻した香織が、慌てて古都を窘めた。

「失礼なのは、この人です！」

古都は、倉木に人差し指を突きつけた。

「編集長は、きちんと『ソピア』の本社スタッフに許可を得た上で、今回の特集記事の予算を確保したんですっ。意思の疎通ができていないのは、貴社の事情であり弊社の落ち度ではありませんっ。それでも一方的に取りやめるというのなら、これまでにかかった渡航費用や宿泊費を負担してください！」

「もう、いい加減にしなさいっ。倉木さん、申し訳ありません。ほら、あなたも、謝って！」

香織が、古都の後頭部を鷲摑みにすると無理やり頭を下げさせた。

「編集長、いいんですよ。彼女の頭を上げさせてください」

「でも、倉木さんにとんでもない失礼なことを……」

「とにかく、頭を上げさせてください」

香織の手が離れ、古都は顔を上げた。

「あなた、怖いもの知らずなのね」

倉木が、薄く微笑みながら古都を見据えた。

「そんなことありません。私は、編集長には落ち度がないということをお伝えしただけです」

古都も、視線を逸らさずに言った。

隣で、香織のため息が聞こえた。

「編集長、いい部下を持ちましたね」

倉木が、視線を香織に移した。

「上司思いの正義感と忠誠心に溢れた彼女に免じて、取材拒否はしません」

「ありがとうございます！」

香織が、パッと顔を輝かせた。

「インタビュー時間は五分に変更します。では、次の打ち合わせがあるので私はこれで」

淡々とした口調で告げると、倉木が席を立った。

「えっ……」

「段どりの詳細は、追って連絡します」

一方的に言い残し、倉木が早足でフロアを後にした。

香織は、呆気に取られた表情で固まっていた。

よかれと思ってやったことが裏目に出て、結果、香織に迷惑をかける。

また、やらかしてしまった。

「ただでさえ短い取材時間が半分に……」

香織が、嚙み締めた歯から絞り出したような声で呟いた。

「あの……なんか、私、余計なことをしちゃいました？」

古都は、恐る恐る訊ねた。

「あなたのせいで、貴重な取材時間が半分になったじゃないの！　いったい、どうするつもり……」

古都は勢いよく立ち上がった。

「まだ話は終わってないのよ！」

「私が取り返します！」

「取り返すって、なにを!?」

「取材時間です！」

「は？　あなた、なに考えているの!?　また、突拍子もないことを考えているんじゃないでしょうね!?」

「任せてください！　五分を五時間にして見せますから！」

「五時間？　それ、どういう意味？　とにかく、火に油を注ぐような……」

「ホテルに、先に戻っててください！」

「ちょっと、待ちなさいったら！」

古都は香織の声を振り切るように、フロアを飛び出した。

3

「シュヴァイツァーホフ、シュヴァイツァーホフ、シュヴァイツァーホフ……」

海斗が宿泊しているはずのホテル名を呟きながら、古都はスマートフォンの地図を頼りにルツェルン湖の湖岸を歩いていた。

「ソピア」を飛び出した古都はチューリヒ中央駅からIRという列車に乗り、ツークでS1という列車に乗り換えてルツェルンに到達した。

初めての海外の街をガイドもなしに歩くのは、幼子が一人旅をするようなものだ。

だが、そんなことを言っている場合ではなかった。

不用意な発言でクライアントを怒らせ、ただでさえ短い取材時間をさらに削られてしまい、恩義のある香織を窮地に追い込んでしまった。

いまさら謝罪したところで、あの倉木という鉄仮面女が考え直してくれるとは思えない。

残された道は、直談判しかなかった。

「どこもお城みたいなホテルばかりで、見分けつかないじゃない。すみませーん！」

古都は、湖岸で犬を散歩させる大きなサングラスをかけた品のよさそうな婦人に声をかけた。

足を止めた婦人が、言葉がわからないとばかりに顔前で手を振った。

「あ、日本語で声をかけちゃった……。エクスキューズミー！」

英語で声をかけ直す古都に、婦人がふたたび顔前で手を振った。

「やっぱり英語もだめか。フランス語もドイツ語もわからないし……あ！」

古都は思い出したように手を叩き、スマートフォンの通訳アプリを立ち上げスピーカー機能にした。

変換言語はドイツ語に設定していた。

「ホテル『シュヴァイツァーホフ』はどこにありますか？」

古都が日本語で話した言葉を、通訳アプリがドイツ語で伝えた。

婦人が無表情に古都の背後を指差した。

振り返った視線の先――通りを挟んだ向かい側に、白亜の壮麗なホテルが建っていた。

建物の中央の屋根に、「SCHWEIZERHOF」のローマ字が並んでいた。

「ご親切にありがとうございます！　助かりました！」

古都は通訳アプリを使って日本語で礼を言うと、通りを渡った。

「目の前にいたのに訊(き)くなんて……わあ！」

古都はホテルの前で足を止め、思わず声を漏らした。

「凄いな……売れっ子のモデルになると、こんな立派なホテルに泊れるのね」

古都は、正面玄関に向かって歩いた。

床に敷かれたレッドカーペット、大理石の柱、彫刻が施された白天井……宮殿さながらの煌(きら)びやかな空間に気圧されそうになりながら、古都はレセプションカウンターに歩を進めた。

黒いスーツに身を包んだ気難しそうなレセプションクラークが、古都をみつめていた。

ラフなファッションの観光客が多かった外とは違いさすがは五つ星のホテルだけあり、ロビーにはドレッシーな服装の女性が溢れていた。

いまさらながら、ベージュのセーターにデニムというカジュアルな服装できたことを後悔した。

古都はいったん、ロビーのカウチチェアに腰を下ろした。

あのレセプションクラークに通訳アプリを使うのは、かなりの勇気が必要だ。

かといって、レセプションクラークの怪訝(けげん)な視線を浴びながら、いつ現れるかわからない海斗を待ち続けるのも苦痛だ。

古都は立ち上がり、出口へ向かった。

長期戦になるかもしれないので、外で待つことにした。

長身で洗練されたビジュアルの東洋人が出入りすれば、すぐにわかるだろう。

「面倒臭いから、行かなくていい？」

「なに言ってるの？　だめに決まっているじゃない」

湖岸に渡ろうとしたとき、男女の日本語のやり取りが聞こえてきた。

女性の声には聞き覚えがあった。

古都は、声のほうを振り返った。

ガーデンカフェのテーブル席に座る男女を見て、古都は眼を疑った。

女性はさっきまで会っていた倉木で、男性のほうは目的の人物の海斗だった。

Tシャツに羽織ったグレイのロングカーディガン、黒のスリムデニム、素足にからし色のスリッポン……業界っぽいモデルコーデも、海斗がやると様になる。

座っていても、手足の長さやスタイルのよさが一目でわかる。

なにより、顔の小ささは尋常ではなかった。

顔のサイズだけ見ていると子供のようで、百八十五センチの男性とは思えなかった。

古都は倉木に気づかれないように、ガーデンカフェに足を踏み入れた。

好都合なことに、二人の隣のテーブルが空いていた。

しかも、倉木は背を向けている。

古都はテーブルに着き、メニューも見ずに翻訳アプリを開いた。

ボイスではなくテキストでオレンジジュースと書き込み、ドイツ語で翻訳した。

飲み物を愉しみにきたのではないので、なるべくシンプルなものを選んだ。

「Orangensaft」

翻訳アプリを開いたスマートフォンを笑顔で差し出す古都に、驚いたふうもなく年配のウエイターがドイツ語で繰り返した。

最近は、古都のような注文の仕方をする観光客が多くて店側も慣れているのかもしれない。

「ホテルのレストランでディナーなんて、堅苦しいだけじゃん」

海斗が、ペリエをグラスに注ぎながら吐き捨てた。

傍目(はため)から見ているだけで、わがままな性格だとわかる。

「子供みたいなこと言わないの。観光旅行できているんじゃないんだから。それに、ラファエル・ゴメスも同席するのよ？」

「デザイナーなんかとご飯するの、なおさら嫌だよ。仕事みたいで、リラックスできないじゃん」

海斗が肩を竦め、下唇を突き出した。

倉木の言うように、二十四歳の男が口にするセリフとは思えない。

ラファエル・ゴメスと言えば、モード界でいま最も注目されている新進気鋭のデザイナーだ。

ファッションモデルであれば、有名なデザイナーはお金を払ってでも近づきたい相手だ。

しかもラファエルは、海斗が六日に上がるスイスコレクションの舞台で着る衣装のデザイナーだった。

普通のモデルなら、先約があってもドタキャンして駆けつけ気に入られたいと思うものだ。

「仕事みたいじゃなくて、仕事なの。あなたはラファエルの服を着て六日にランウェイを歩くためにスイスにきたのよ。そのラファエルがくるとわかっていて、ディナーに行きたくないなんてありえないでしょ？」

無意識に、古都は頷いていた。

まったく、倉木に同感だった。

「別に、僕がスイスコレクションに上がりたいって頼んだわけじゃないし。チーフが勝手に取ってきた仕事だろ？」

「なにを……」

古都は、喉もとまで込み上げた言葉をすんでのところで呑み込んだ。

「あなた、それ、本気で言っているの？」

倉木が、怒りを押し殺した声で言った。

彼女が怒るのも無理はない。

海斗の発言は、あまりにも自己中心的で感謝の欠片もないものだった。

「うん。だって、本当のことじゃん。僕はそもそも、海外のコレクションとか興味なかったし。海外を飛び回るようになったら、自由な時間もなくなるからさ」

海斗が悪びれたふうもなく言うと、ペリエのグラスを傾けた。

古都は立ち上がりそうになる衝動を堪えた。

恵まれた環境に麻痺してありがたみがわからなくなっている海斗を叱りつけ、説教してやりたかった。

「花の命は短いわ。いつまでも美しく咲き続けることはできないの。一生懸命に咲かなければ、枯れたときに後悔するわよ」

倉木が、諭すように言った。

「またそのたとえ？　悪いけど、僕は花じゃないし」

海斗が鼻を鳴らした。

「そういう意味で言ってるんじゃないことくらい、わかるでしょう？　モデルで活躍できる時期は短いと……」

「僕の心配より、自分の心配をしなよ。ギスギス仕事ばかりやってないで早くいい男を捕まえないと、枯れて皺々になったら貰い手がなくなるよ？」

倉木を遮った海斗が、人を小馬鹿にしたように言った。

海斗の女性蔑視の発言に、古都の五臓六腑に火がついた。

「金の卵を産んでいる間は、大目に見てあげるわ。五時に迎えにくるから、どこに行ってもいいけどそれまでには部屋に戻ってなさいよ」

倉木も、強烈な憎まれ口を返した。

普通なら、金の卵を産み出す鶏扱いされた男性に同情するところだが、海斗は自業自得だ。

倉木のようにきつい性格でハートが強くなければ、海斗のようなわがままなモデルをコントロールできないのだろう。

「気が向いたらね」

海斗がスマートフォンに視線を落としたまま、席を立つ倉木に手を上げた。

「あ、そうそう。妹さん、大学に入ったばかりでしょう？」

踏み出した足を止め、思い出したように倉木が訊ねた。

海斗が舌打ちした。

「これから卒業して嫁入りするまでに、まだまだお金がかかるんだから、稼げるうちに稼いでおかないとね」

「わかったから、早く行けよ」

それまでとは明らかに違ったテンションで、海斗が言った。

「ドレスコードがあるから、着替えておいてね」

勝ち誇ったように言い残し、倉木がガーデンカフェを出た。

海斗は倉木の姿が見えなくなるとスマートフォンをテーブルに放り投げ、大きなため息を吐きながら空を見上げた。

古都はそれまで倉木の座っていた席に腰を下ろし、棘のある口調で声をかけた。

顔を正面に戻した海斗が、訝しげに古都をみつめた。

「君、誰？」

「女の人に枯れるとか皺々とか言うなんて、デリカシーがなさすぎだと思わない⁉」

「だから、君は誰？」

「私は『バーグ』のライターで、小野寺古都よ」

古都は、名刺を差し出した。

「で、ファッション誌のライターがなんの用？」

海斗が指先で摘まんだ名刺をヒラヒラさせながら古都に視線を戻した。

「あなたの取材のために、スイスにきたの」

「『バーグ』のライターは挨拶代わりに取材対象のモデルを、最低だデリカシーがないだとタメ口でこき下ろすのがやりかたなのか？」

海斗が、皮肉っぽい口調で言った。

「嫌味はやめて。密着取材の約束を『ソピア』の本社で取りつけたのに、いざスイスにきてみたら六日のショーの終わりに十分だけしかインタビューの時間をくれないって倉木さんに言われたの！　大金をかけてスイスまできたのに、密着ができなかったら編集部は大赤字よ。だから、直接、海斗さんに会ってお願いしようと……」

「男として最低ね」

「それが、お願いする態度？　いきなり罵られた相手のインタビューに答えると思う？」

海斗が肩を竦め、呆れたように言った。

たしかに、その通りだ。

倉木を怒らせて短くされた取材時間を取り戻すために海斗に直談判しにきたというのに……。

一気に押し寄せる後悔の波——感情の赴くままに動いてしまう悪い癖で、さらに事態をこじらせてしまった。

「すみませんでした」

古都は、素直に謝った。

自分の正義のために、香織に迷惑をかけるわけにはいかない。

「いまさら謝られてもね」

海斗が鼻を鳴らした。

「どうすれば、許して貰えるの？」

「部屋に行こう」

「部屋で、インタビューを受けてくれるの？」

「まさか」

「じゃあ、どうして部屋に？」

古都は、意味がわからずに訊ねた。

「え？　それが目的だろ？」

「目的って、なに？」

「おいおい、僕をからかってるの？　抱かれるために、わざわざホテルまで押しかけてきたんだろう？」

海斗が、ニヤニヤしながら言った。

「ちょっ……ちょっと、なにを言ってるのよ！　そんなわけ、ないじゃない！」

思わず大声を張り上げる古都に、周囲の紳士や婦人が眉を顰めた。

「恥ずかしがらなくてもいいって。みんな、それが目的で寄ってくる女ばかりだから」

うんざりした顔で、海斗が言った。

「それが目的⁉　私は、違うと言ってるでしょ⁉　そんなはしたない人達と私を……一緒にしないでよ」

突き刺さる紳士や婦人の視線を感じ、古都は声のボリュームを落とした。

「はしたない？　どうして？　憧れのモデルに抱かれたいと思うのは、別に普通だと思うけど。恋人がいても旦那がいても、憧れの有名人から誘われたらホテルに付いていく……それが、女って生き物だろ？」

蔑んだような海斗の物言いに、古都の理性が消失した。

「さっきから、女性を見下したような言いかたばかりして、本当に失礼な人ね！　女の人に、なんか恨みでもあるの⁉」

古都は、海斗を睨(にら)みつけて詰め寄った。

「別に。僕はただ、女の本質を言っただけだよ」

悪びれたふうもなく、海斗が言った。

「わかったようなことを言わないでっ。女が全部、あなたに群がるような尻軽女(しりがるおんな)ばかりだと思ったら大間違いよ。自分をなに様だと思ってるの!?」

「僕は、表紙になったら倍は部数が伸びるトップモデルだよ。ファッション誌がこぞって僕の特集記事を組みたがる。君も、その中の一人なんだろう？」

人を食ったような海斗の言葉に、古都は我に返った。

また、目的を見失い暴走するところだった。

いや、もう、してしまった。

「どうした？　急におとなしくなって。僕は、尻軽女しか群がらない最低の男じゃないのか？」

海斗が、茶化すように言いながら古都の顔を覗き込んできた。

「いえ、それは……その……あなたが、あんまり女の人を見下すようなことばかり言うから、つい……」

古都は、しどろもどろになった。

「つい、本音が出たって？」

追い討ちをかけるように、海斗がからかってきた。

「言い過ぎた……っていうか、言ったのは本当のことなんだけど、これから取材をお願いしようとしているモデルさんに言うことじゃなかったわ。ごめん。あ！　謝ったけど、あなたにたいして言ったことは訂正しないからね。とにかく、ごめん」

古都は謝った。

束の間、呆気に取られていた海斗が吹き出した。

「なにがおかしいの？」

古都は、眉根を寄せて訊ねた。

「怒ったり謝ったり……君は、変な女だな」

海斗が、笑いながら言った。

「あなたに言われたくない……いえ、そうじゃなくて、あの、取材をお願いします！」

古都は憎まれ口を呑み込み、頭を下げた。

「いまさら。もう、自分の席に戻れよ」

海斗が、興味を失ったようにスマートフォンに視線を落とした。

「海斗さんの密着取材ができなかったら、編集長の責任問題になってしまうのっ」

古都は、懸命に訴えた。

「知らないよ。僕には関係ないことだし」

海斗が、スマートフォンに視線を落としたまま素っ気なく吐き捨てた。

「この通りです！」

古都は、テーブルに額を押しつけ懇願した。なんとしてでも、海斗の密着取材の約束を取り付けたかった……香織の窮地を救いたかった。

「無理なものは無理だって。スケジュールはチーフが管理してるんだから、倉木さんに言えよ」

頭上から降ってくる冷たい言葉――萎えそうになる心を奮い立たせた。

「そこをなんとか、お願いします！　頼みを聞いてくれたら、なんでもしますから！」

額をテーブルに押しつけたまま、古都は懇願を続けた。

「わかったよ」

「本当!?」

弾かれたように、古都は顔を上げた。

「四つん這いでワンワン吠えながらテラスを駆け回ってきたら、頼みを聞いてやるよ」

「えっ……」

古都の顔から輝きが失われ、瞬時に曇った。

「僕が頼みを聞くなら、なんでもやるんだろ？　そう言わなかったか？」

「言ったけど……」

古都は、周囲を見渡した。

ただでさえ、大声を出したり額をテーブルに押しつけたり騒がしい日本人女性のことを、欧米人と思しき客達は冷え冷えとした眼で見ていた。

この完全アウェイで、犬の真似などして駆け回ったら間違いなくスタッフに捕まってしまう。

いや、それは日本のカフェでも同じだ。

「それか、僕とエッチするか？　好きなほう選んでいいよ……って、訊くまでもないか」

海斗が、人を小馬鹿にしたように笑った。

「そんなこと、できないわ……」

喉もとまで込み上げた怒声と罵声を、古都は必死に堪えた。

もう一回やらかしてしまえば、ゲームオーバーだ。

最低な男だと、覚悟していた。

最悪な男だと、覚悟していた。

海斗という男は、古都の予想を遥かに超えた最低最悪な男だった。

「もう、そういう見え透いた感じはいらないって」

言いながら海斗は席を立った。

「見え透いた感じって、なんですか？」

古都は見上げて訊ねた。

「君が僕に近づいた目的に、大義名分をあげてやりやすい状況にしたってことさ。犬の真似と二者択一を迫られたら、部屋にくる理由になっただろ？」

海斗が、片側の口角を吊り上げた。

そんな表情も絵になる……瞬間浮かんだ思いを、古都はすぐに打ち消した。

顔だけよくても内面が醜悪なら意味がない。

古都は眼を閉じた。

心を落ち着け、怒りを静めた。

深呼吸を繰り返し、恐怖と羞恥を追い払った。

眼を開け、古都は意を決したように立ち上がった。

「ほら。やっぱりな。最初から正直に……」

古都が屈むと、海斗は言葉を呑み込んだ。

「お、おい……なにをする気だ!?」

慌てる海斗を無視し、古都は四つん這いになった。

「ワン！　ワン！　ワォーン！」

犬の鳴き声を真似ながら、古都はテーブルの合間を縫うように歩き始めた。

テラス席の客達がざわめいた。

「君っ……なにやってるんだ!?」

動揺する海斗の声を背に、古都は犬になりきり客席を歩いた。

そこここで、フランス語やドイツ語らしき言語が早口で飛び交っていた。

「ワン！　ウ～、ワン……」

「馬鹿なことはやめろって！」

海斗は古都の腕を摑み立ち上がらせると、ガーデンカフェから連れ出した。

「君は正気か⁉」

通りを渡り湖畔で立ち止まった海斗が、強張った顔で訊ねてきた。

「犬の真似をしたら密着取材を受けてくれるって言ったのは、あなたじゃない！」

「もう一つ、選択肢を与えてやったじゃないか⁉　あんな恥をかいてまで意地を張る必要はないだろう⁉」

海斗が、血相を変えて言った。

「意地なんか、張ってないわよ！　あなたとそういうことをするくらいなら、犬の真似して警察に捕まったほうがまし……」

古都は、掌で口を押え溢れ出そうになる罵倒を止めた。

「とにかく、二つの条件のうちの一つをやったんだから、約束を守ってよ」

強い意志を込めた瞳で、古都は海斗を見据えた。

「君みたいな変な女は初めてだ」

海斗が、信じられないといったふうに首を横に振った。

「私だって、初めてよ。あなたみたいな男」

古都は、視線をルツェルン湖に移した。

陽光を受けて宝石をちりばめたように煌めく青の湖面、背後に望む絵葉書のようなりギとピラトゥスの山肌……こんな状況ではなく、最愛の男性と訪れて眺めた景色ならどんなに感動的な光景だろうか？

「そりゃあ、そうだろう。僕みたいに完璧な男は、一生に一度会えるかどうかの確率だ。恋人でもないのに、こんなふうにプライベートで話しているなんて奇跡だから」

海斗は、冗談で言っているふうではなかった。

微塵の疑いもなく、自らを最高級ブランドだと思っているに違いない。

「勘違いしないで！　私が初めてと言ったのは、あなたみたいに最低な男と会ったのは、って意味よ！」

罵倒を、堰き止めることはできなかった。

思いに嘘を吐けない自分の性格を呪った。

このままだと、犬の真似までして手に入れた密着取材のチャンスを逃してしまうかもしれない。

いま謝れば……。

頭ではわかっていても、心にもない思いが言葉になることはなかった。

「僕が最低？　どんなふうに？」

海斗は惚けているのではなく、本当にわからないようだった。

「女を物みたいに扱うところよ」

古都は、心で香織に詫びながら思いの丈を口にした。

「僕は、女を物みたいに扱ったつもりはないけどな」

海斗が、悪びれたふうもなく言った。

「あなたは、女性を性の対象としてしか見ていないでしょ!? そういうところを言っているの！　女性蔑視にも程があるわ！」

これで、完全に終わった。

微かに残されていた密着取材の可能性が、完全に潰えてしまった。

だが、後悔はなかった。

海斗のような卑劣な男に媚びてまで、仕事を取ろうとは思わない。

唯一の心残りは、編集長の香織に損害を与えてしまうことだ。

どれだけ時間がかかっても、今回の損害を埋めてもあり余る利益を運べるライターになって香織に恩返しするつもりだった。

「わかってないな〜」

海斗が、小馬鹿にしたような口調で言った。

「なにが？」

「逆だよ」

「逆？」

訊ね返す古都に背を向け、海斗がベンチに腰を下ろした。

「逆って、どういう意味!?」

古都は海斗の隣に腰を下ろし、問い詰めた。

「性の対象としてしか人を見ていないのは、女性達のほうさ」

海斗が、遠い眼差しでルツェルン湖を眺めながら言った。

その横顔は、なぜか寂しげに見えた。

「モテることを自慢したいんでしょうけど、それは被害妄想ってものよ。女性全員がそんなわけないでしょう！」

「そうかもしれない。けど、僕の周りにいる女性は僕を見ていない」

湖に漂う白鳥を視線で追いながら、海斗が独り言のように呟いた。

相変わらず、その横顔は寂しげだった。

「トップモデルの海斗が彼氏なら芸能界で有利に働くかも、トップモデルの海斗が彼氏なら友人に自慢できる、トップモデルの海斗が彼氏なら贅沢な暮らしができる……こんなふうな考えで近づいてくる女ばかりさ。葉山海斗なんて、誰も見ていない」

「本名、葉山海斗って言うのね。でも、それはあなたにも責任があるんじゃないの？」

「僕に？」

海斗が、白鳥から古都に視線を移した。

「ええ。だって、あなたがそんな性格をしているから、同じような人種が寄ってくるんだと思うよ。類は友を呼ぶって言うでしょ」

古都が言うと、海斗は無言で顔を湖に戻した。

怒らせてしまったのかもしれない。

そうだとしても、口に出してしまったものは取り消せはしない。

「いまのは、決めつけだったかも……」

唐突に、海斗が大笑いした。

「ちょっと、なにがおかしいのよ？」

古都の問いかけなど聞こえないとでもいうように、海斗は大笑いを続けた。

「君は、本当にファッションライターなのか？」

笑いながら、海斗がふたたび古都に顔を向けた。

「あ、そう言えば名刺を……」

「そういうことを言ってるんじゃないって。君はライターで僕の密着取材の許可がほしくて宿泊先のホテルにまで押しかけてきたわけだろう？　それなのに、口を開けば僕へのダメ出しと罵倒の連続だ。情緒不安定なのか損得勘定で動けないのか後先考えることができないのか……なんにしても、君が馬鹿な女だというのは間違いない」

「馬鹿な女って……」

「でも、計算高い女よりましだ」

海斗が、素っ気ない口調で言った。

「なにそれ？　褒めてるつもり!?　わかりましたよ。ここからは、きちんと敬意を表しますっ」

古都は、横を向きながら言った。

たしかに、海斗の言うことは正論だ。

頭ではわかっても、海斗と向き合うと素直になれない自分がいた。

「いいよ、そのままで」

不意に、海斗が言った。

「え？　どうして？」

「そんな不満そうな顔で敬意を表すとか言われても嘘っぽいだけだし」

「別に不満っていうわけ……」

「それに、いまさら態度を変えられてももう遅いよ。君がほかの女みたいに色恋目的で近づいてきてるんじゃないのはわかったけど、僕の女性不信は変わらない」

「じゃあ、密着取材は……」

「諦めてくれ」

海斗が、突き放すように遮った。

「女性不信でも構いませんから、仕事として割り切って貰えませんか？」

古都はすべての嫌悪感から眼を逸らし、海斗に懇願した。

「無理無理。信頼できない相手に密着なんてされたくないし。それから、さっきまでの強気で無礼な感じに戻していいから。急にそんな言葉遣いをされても、なんか逆に気持ち悪いよ」

「じゃあ、お言葉に甘えて素のままでいかせて貰うわ。今回の密着取材は、『ソピア』本社の許可を貰って日本からきたのっ。なのに、氷女が、『私は許可していません。海斗の仕事はチーフマネージャーの私が全権を握っています。「ソピア」の本社のマネージャーは、私のほうから叱っておきます』って、それだけで済ませようとするのよ⁉ それで私が氷女に文句を言ったら、『インタビュー時間は五分に変更します。では、次の打ち合わせがあるので私はこれで』なーんて、一方的に言い残して立ち去ったんだからっ。信じられないわ！」

倉木の物まねをしながら憤然とする古都に、海斗が吹き出した。

「笑える要素は、なに一つないと思うけど？」

古都は海斗を睨みつけた。

「倉木さんが氷女……ウケるよ、それ」

海斗が、腹を抱えて笑った。

「笑いごとじゃないから」

古都は、むっとした表情で言った。

「まあ、でも、その程度で済んでよかったたな。倉木さんの性格なら、五分でも時間を貰えたことが奇跡だよ」

「改めて、お願いします！」

古都はベンチから立ち上がり、頭を下げた。

「おいおい、やめろよ。僕がイジめてるみたいだろう？」

海斗が、周囲を気にしながら言った。

「あなたの密着取材ができなかったら、編集長はクビになってしまうの！」

古都は顔を上げ、海斗に懇願の瞳を向けた。

「僕にそんなことを言われてもな。倉木さんに言えよ」

「あの氷女じゃ埒が明かないから、あなたに直談判しにきたんじゃないっ。お願いします！　この通りです！」

古都は眼を閉じ、ふたたび上体を九十度に折り曲げた。

五秒、十秒……沈黙が続いた。

微かに、気配がした。

眼を開け、顔を上げた。

「嘘……」

視線の先……通りを渡る海斗の背中に、古都は絶句した。

「ちょ……ちょっと！」

我に返った古都は、ダッシュした。

通りを渡ろうとしたとき、クラクションが浴びせられた。

迫りくるオレンジのトゥインゴに、足が竦んだ。

不意に、身体が浮いた。

気づいたら、海斗に手を引かれ対面の路肩にいた。

「自殺したいなら、見えないところでやれよ」

呆れたように、海斗が吐き捨てた。

「ひ、人が頭を下げているときに、勝手にあなたが行っちゃうから悪いんでしょ！」

「君を待つ義務はないだろ？　じゃ」

海斗が背を向け、「シュヴァイツァーホフ」のエントランスに向かった。

「お願いだから……」

「これ以上纏わりつくなら、倉木さんに報告するから。『バーグ』は僕だけじゃなくて、『ソピア』の所属モデル全体が取材ＮＧになるぞ。そんなことになったら、編集長さんはもっと困るんじゃないのか？　ということで」

振り返った海斗は一方的に言うと、踵を返した。

ホテルの正面玄関に消えてゆく海斗の背中を、古都は唇を噛み締め見送ることしかできなかった。

4

バルコニーから古都は、バーンホフシュトラッセを走るトラムを見下ろしていた。

ルームサービスで頼んだヨーロッパ特有の濃い目のコーヒーをポットから注ぎ、喉に流し込んだ。

寝不足の身体を、カフェインが覚醒させてゆく。

昨日、ルツェルンからチューリヒのホテルに戻ってきたのは午後十一時を過ぎていた。古都が部屋に入ったときには、香織は旅の疲れで熟睡していた。

倉木と海斗を怒らせた件で自己嫌悪に陥り、香織の待つホテルに戻る気になれずにルツェルンの湖岸や旧市街をあてもなく歩き回り時間を潰したのだ。

古都が黙っていれば海斗とのやり取りは香織にバレることはないが、嘘が吐けない性格なのは自分が一番知っていた。

バゲットを齧りながら歩く若い女性も、モデルのようなスタイルでなくても不思議と様になっていた。

日本と違うのは、歩き煙草をしている人が多いということだった。

間延びしたサイレンとは裏腹に、猛スピードでパトカーが通り過ぎてゆく。

なにげない光景が、異国の地にきていることを実感させた。

本来なら、好奇心の強い古都の気持ちは弾み探求心が刺激されているはずなのに、バルコニーから眺める異国情緒溢れる街並みも色褪せて見えた。

――おいおい、僕をからかってるの？　抱かれるために、わざわざホテルまで押しかけてきたんだろう？

——四つん這いでワンワン吠えながらテラスを駆け回ってきたら、頼みを聞いてやるよ。

「なんて男なの！」

蘇る海斗の言葉に、屈辱とともに怒りが再燃した。

「だめだめ……この短気なところがすべてを台無しにしちゃったんじゃない」

すぐに、自責の念が怒りを呑み込んだ。

海斗という男が軽薄で最低なのはたしかだが、だからといって「バーグ」の命運を左右する特集企画の主役を侮辱するなど、ファッションライターとしてありえない愚行だ。

——トップモデルの海斗が彼氏なら芸能界で有利に働くかも、トップモデルの海斗が彼氏なら友人に自慢できる、トップモデルの海斗が彼氏なら贅沢な暮らしができる……こんなふうな考えで近づいてくる女ばかりさ。葉山海斗なんて、誰も見ていない。

あのとき、海斗の眼差しはどうしてあんなに寂しげだったんだろうか？

あの深い哀しみに満ちた海斗の瞳は、女性蔑視をする軽薄な男のものと同一とは思えなかった。

「騙されちゃだめっ。それが、あの男の手よ」

古都は微かに芽生えそうになった同情心を、慌てて打ち消した。

「なにを台無しにして、なにに騙されちゃだめなわけ？」

不意に背後から聞こえた声に、心拍が跳ね上がった――古都は、弾かれたように振り返った。

「あの男って、もしかして、海斗のことじゃないでしょうね？」

寝起きで髪の毛がボサボサの香織が、いつの間にか背後に立っていた。

「あ……おはようございます！　いま、ルームサービスでコーヒーを持ってきて貰いますね！」

逃げるように電話のほうに行こうとする古都の腕を、香織が摑んだ。

「それでいいわ」

香織はカウチソファに座りながら、ナイトテーブルに置いてある古都の頼んだコーヒーポットを指差した。

仕方なしに新しいコーヒーカップにポットの残りのコーヒーを注ぎ香織に出すと、正面のカウチソファに腰を下ろした。

どの道、言わなければならないことだ。

「昨日、海斗さんの泊っているホテルに行ったら敷地内のガーデンカフェにいて……それで、直談判したんです」

意を決して、古都は切り出した。

「まあ……本当に、直談判なんてしちゃったの!?」

素頓狂な声を上げる香織に、古都は頷いた。

「それで、どんな話になったのよ⁉ 一言一句漏らさず説明しなさい」

香織が、厳しい表情で問い詰めてきた。

「怒りませんか？」

恐々と、古都は訊ねた。

「そんなこと、聞いてみなきゃわからないわよ！ さっさと説明しなさいっ」

香織の叱責に、古都は開き直ってルツェルンの「シュヴァイツァーホフ」のガーデンカフェでのやり取り、そして湖岸のベンチに場所を移してのやり取りを再現ドラマのように身振り手振りや口調の物まねを交えて話した。

「あなたみたいな最低の男は初めてとか……本当に言ったの？ 嘘よね？」

恐る恐るといったふうに、香織が訊ねてきた。

「すみません……」

古都はうなだれた。

「倉木チーフにこのことがバレたら、『ソピア』の所属モデル全員が取材拒否になるって言われたのも……本当？」

古都は、さらにうなだれた。

「あー……なんてことを……もう、一巻の終わりよ！」

香織が頭を掻き毟りつつ、カウチソファに仰向けに倒れた。

「でも、大丈夫ですっ。これ以上、しつこくつき纏うとそうするって言ってましたから。私、すぐに諦めましたし……」

「馬鹿じゃないの！」

物凄い形相で、香織が跳ね起きた。

「そんな言葉、鵜呑みにできるわけないでしょ！　宿泊先のホテルにまで押しかけて、最低な男だ女性蔑視だと暴言を吐かれたことを報告するに決まっているじゃない！　だいたいあなたは、勝手に飛び出して……」

香織の激憤に打ち震える声を、テーブルに置かれたスマートフォンの着信音が遮った。

「もしかして……」

強張った顔で、香織がスマートフォンを手にした。

「やっぱり……ほら！」

香織が、倉木チーフの名前が表示されたディスプレイを古都に向けた。

「すみません！」

古都は立ち上がり、九十度に頭を下げた。

「このたびは、ウチの小野寺が申し訳ありませんでした！」

電話に出るなり香織が、古都の数倍の声量で倉木に詫びた。

頭を下げたまま、古都は生きた心地のしない心境で耳を澄ました。

「いまから、すぐに小野寺を連れてお詫びに……え？　え!?　えーっ!?」

香織の素頓狂な声に、古都は恐々と顔を上げた。

「密着取材を受けてくださるんですか⁉」

「えーっ⁉」

今度は、古都が大声を張り上げた。

「どうしてです……あ、はい、すみません！　わかりました。すぐに向かいます！　失礼します！　では、後ほど」

スマートフォンを耳に当てたまま、何度も頭を下げていた香織が電話を切るとゆっくりと古都に顔を向けた。

「奇跡が起きたわよ」

香織が、興奮にうわずる声で言った。

「密着取材を受けてくれるって、本当ですか⁉」

「本当よ」

相変わらず、香織の声はうわずっていた。

「どうして、急に許してくれたんですかね？」

「そんな話はあとあと！　すぐに事務所に打ち合わせにきてくれって言われたから、用意しなきゃ……」

慌ただしく言いながら、香織がパウダールームに駆け込んだ。

「あなたも、早く着替えなさいよ！」

パウダールームのドア越しに聞こえる香織の声に背中を押されるように、古都はクロゼットに向かった。

☆

「あの……どうして、急に密着取材のOKをくださったんですか？」

バーンホフシュトラッセ沿いに建つ「ソピア」の多目的フロア──イルカのフォルムのマリンブルーのソファに古都と並んで座る香織が、恐る恐る訊ねた。

「まったく、こっちが聞きたいわよ」

対面……バランスボールのような赤い球状のクッションソファに座る倉木がため息を吐きつつ、隣の白い球状のクッションソファで長い足を組む海斗を睨みつけた。

ネイビーブルーのスキニーチノパンにモスグリーンのロング丈のスリムジャケット、インナーに白のワイシャツというコーディネートが海斗のスタイルのよさを際立たせていた。

古都は、緊張した面持ちで俯いた。

怖くて、顔を上げられなかった。

自分がホテルまで押しかけたことを海斗がバラしていないのは、倉木の怒りがこちらに向いていないのでわかる。

であれば、どうやって「バーグ」の密着取材を倉木に許可させたのだろうか？

そもそも、古都が押しかけるまでは海斗は「バーグ」の密着取材の件を知らなかった可能性が高い。

「東京本社のマネージャーから電話があったんだよ。『バーグ』から密着取材の依頼があったんですけど、受けるんですか？　ってさ」

古都は、弾かれたように顔を上げた。

海斗は、なに食わぬ表情を香織に向けていた。

「そうだったんですか……本当に、ありがとうございます」

香織が、海斗に頭を下げた。

「正直、迷惑です。まったく、中村も余計な電話をしてくれたものね」

倉木がいら立たしげに吐き捨てた。

中村とは、東京本社のマネージャーのことなのだろう。

それにしても、マネージャーから電話がかかってきたというのは本当だろうか？

いや、問題はそこではない。

昨日、あれだけ悪態を吐きながら古都の懇願を拒絶していた海斗が、どうして心変わりしたのか？

「ウチにとっては願ってもないことですが、どうして海斗さんは密着取材を受けてくださったんでしょうか？」

香織が、古都の疑問を代弁した。

「倉木チーフにも話したけど、『バーグ』は一流誌だから受けといて損はないでしょ」

さらりと、海斗が言った。

「そんなことないわよ。これからのモデルなら知名度アップのPRになるから得すること ばかりだけど、海外コレクションに出るほどのあなたがわざわざ時間を割いて受ける メリットはないわ。ただでさえ環境が変わってコンディション管理やビジュアル管理が 難しいのに、密着取材なんか受けて体調崩したり肌が荒れたりしたらどうするの？」

倉木が、不満たらたらの口調で海斗を窘めた。

「体調管理も大事だけど、露出もしとかなきゃ忘れられるのは早いからな。とにかく、 僕は受けることにしたんだから打ち合わせに入ろう」

海斗が、まだなにか言いたげな倉木を遮るように話を進めた。

「早速だけど、担当は彼女？」

海斗が、古都を指差し香織に訊ねた。

「あ、もし、頼りないようでしたら私がやりますからご安心ください」

「いいや、彼女でいいよ」

あっさり言うと、海斗が古都に顔を向け周囲にわからないように薄笑いした。

確信した——東京本社のマネージャーからの電話というのは嘘だと。

でも、なぜそんな嘘を吐く必要がある？

昨日はしつこくつき纏うストーカーにそうするように追い払ったくせに、どうして心変わりしたのか？

「ありがとうございます。ですが、やはり彼女にはまだこの大役は務まらないと思いますので、ここは編集長の私が担当させて頂きます」

「あんたが担当なら、この話はなしだ」

海斗が、にべもなく言った。

「それは、どうしてでしょうか？」

香織が、不安げに訊ねた。

「そうよ。どうせなら、こんなド素人じゃなくて編集長に書いて貰ったほうがましな記事になるわよ」

倉木が訝しげに眉根を寄せた。

「ド素人だから、いいんだよ。こっちも雑に扱えるし、変な気を遣わなくてもいいし。下手に仕事ができる人間が付いたら、息が詰まるしな」

海斗が、馬鹿にしたような眼で古都を見た。

「なにを言ってるの？　素材が一流でもライターが三流だったら、できあがりが二流になっちゃうでしょう？」

「ちょっと！」

言葉を発してから、気づいた。

後悔先に立たず――何回、いや、何十回頭を過(よぎ)ったかわからない。

「小野寺さん」

　香織が愛想笑いを浮かべつつ、古都の顔をみつめた。

　瞳の奥は、笑っていなかった。

「人のこと、三流とかなんとか馬鹿にしてるんですか!?　あなたも、ド素人の私なら雑に扱えるとか気を遣わなくていいとか……二人とも、いい加減にしてください！」

　古都は、倉木と海斗を交互に睨みつけた。

　倉木の眼は吊り上がり、香織は顔面蒼白になっていた。

　海斗だけは、おかしそうに笑っていた。

「すみません！　重ね重ね失礼を働いてしまい……」

「あなたは黙っててください。小野寺さん、じゃあ、あなたは超一流の海斗の魅力をあますところなく表現できる超一流の腕を持っていると言うの？」

　倉木が、怒りを押し殺した声で挑発的に問い詰めてきた。

「私が超一流かどうかはわかりませんが、取材対象の魅力を読者に等身大で伝える自信はあります。でも、海斗さんが特集記事で超一流として伝わるかどうかは保証できません」

　古都は、倉木と海斗に挑発的な物言いで返した。

「なにそれ？　つまり、海斗が超一流かどうかわからないってこと？」

　倉木の怒りに震える声を、海斗の笑い声が掻き消した。

「あなた、なに笑ってるのよ？　こんな半人前のライターに馬鹿にされているのよ？」

倉木が、呆れた顔を海斗に向けた。

「面白いじゃん。やっぱり、彼女で担当は決まりだ」

海斗は、演技でなく面白がっているようだった。

思ったより、寛容な男なのかもしれない。

「海斗、勝手に決めないで……」

「でも、これだけは言っておく。記事がつまらなかったら、僕のせいじゃなくて君の力不足だ」

倉木を遮り、海斗はきっぱりと言った。

「どうして、そう言い切れるんですか？」

「僕ほどの男をそのまま記事にしたら、二流ライターでも魅力的な記事が書ける。もし、君の担当した特集ページがつまらないものだったら、小野寺古都は三流だってことになる」

「ずいぶん、自信があるんですね」

古都は、皮肉っぽく言った。

「小野寺さん、海斗さんに向かってそんな言いかたはないでしょ」

香織が、古都の肩を叩いた。

「そのままでいいよ。君のその自信が本物かどうか、今回の仕事でわかるからさ。特集記事が出来の悪い仕上がりになったら、ライターを辞めて貰うから。三流だって判明したら、続ける意味ないだろ？　さっさと職替えしたほうが、君のためでもある」

試すように、海斗が言った。

その口調は愉しんでいるようだったが、不思議と意地が悪いという感じはしなかった。

「え！　それはちょっと……」

「ウチの海斗の特集をこんな大口を叩く生意気な素人が担当するんですから、進退をかけるのは当然です！」

倉木が、慌てて口を挟もうとする香織を遮った。

「そもそも、彼女のクビ程度じゃ釣り合いが取れないことをわかってますか？　こっちは、へたしたら『ソピア』のトップモデルの名誉に泥が塗られることになるんですよ？　部下を失うのが怖いなら、海斗の担当はあなたがやるべき……」

「わかりました！　海斗さんの魅力が伝わらない記事になったら、責任を取って『バーグ』をやめますっ」

古都は、倉木の言葉尻を奪い宣言した。

「『バーグ』じゃない。ライターを辞めるんだ」

海斗が、挑発的に言った。

「わかってるわよ！　校閲みたいに細かいわね！」

「小野寺さん！」

香織が、フルスイングの平手を背中に叩きつけてきた。

「痛っ……」

古都は顔を顰め、逆手にした手の甲で背中を擦(さす)った。

「まあ……口の利きかたからなにから、非常識にも程がある子ね。海斗、本当に彼女を担当にするつもり？」

険しい表情を向ける倉木に答えず、海斗は席を立った。

「さ、走るぞ」

海斗が、古都に言った。

「え……」

古都には、意味がわからなかった。

「密着取材をするんだろう？　今朝はこの件で、日課のジョギングをしていないんだ」

「ジョギング⁉」

「僕はロッカールームで着替えてくるから、彼女にシューズを用意してあげて」

古都に答えず海斗は、倉木に頼みフロアを奥に進んだ。

☆

チューリヒ湖、シャネル、ディオール、カルティエ、アップルストア、チョコレートショップ、パークハイアット……ガイドブックやインターネットで見たことのある憧れの街並みが、苦痛とともに視界を流れてゆく。

荒い息が、他人のもののように鼓膜を震わせる。

「ちょっと……いつまで走るの？」

五メートルほど先で足踏みして待つ海斗に、古都は切れ切れの声で訊ねた。

「まだ一キロくらいしか走ってないんだぞ？　情けないな。これじゃ、密着取材どころか足手纏いにしかならないよ。そんなんで、あと四キロ持つのか？」

息一つ乱さずに、海斗が言った。

「四キロ……嘘でしょう……」

気が遠くなった。

太腿(ふともも)に鉛が入ったように足が重くなり、ふくらはぎがパンパンに張っていた。

高校の部活以来、もう何年も本格的に走ったことはなかった。

「いやならやめてもいいんだぞ？　こんなペースじゃジョギングにならないしな」

口角を吊り上げる海斗が、古都には悪魔に見えた。

でも、様になっていた。

スリムで長身の身体にジャストフィットしたナイキの黒の「Dri-FIT アカデミートラックスーツ」のジャージを着こなす海斗は、憎らしいほどにチューリヒの街並みに映えていた。

天は二物を与えず。

不意に、そんな諺(ことわざ)が古都の脳裏を過った。

神様は海斗に最高のビジュアルを与える代わりに、最悪な性格を与えた。

「誰がやめるもんですか……」

古都は歯を食い縛り、速度を上げた。

ライター生命を賭けてまで挑んだ仕事を、こんなことで投げ出すわけにはいかない。

「モデルになってから五年、朝五キロのジョギングを欠かしたことはなくてね。これでも学生時代は強豪テニス部のキャプテンだったんだ。当時は毎朝十キロは走っていたよ」

ふたたび走り出した海斗が、青緑の尖塔の教会……「フラウミュンスター」に向かいながら涼しい顔で言った。

海斗とテニス……癪だが絵になっていた。

「筋トレ、百グラム以下の糖質制限、スキンケア、骨盤矯正、ウォーキングレッスン、ウォーキング撮影……ジョギング以外に、モデルになってから五年間、ルーティーンにしていることはたくさんあるよ」

声をうわずらせることもなく海斗は語り始めながら、石畳の通りに入った。

急に道幅が狭くなり、一方通行や進入禁止のエリアが多くなった。

ガイドブックで見た光景……旧市街に違いない。

奥に進むと、青や黄色の個性的な建物に囲まれた広場が現れた。

古都が寄ってみたかった、バラの花で囲まれた有名なチョコレートショップのショーウィンドウが視界に入ったが、いまは海斗について行くことで精一杯だった。

ＩＣレコーダーを手に持っているが、三メートル以上距離を空けられると声が聞き取れなくなる恐れがあった。

「ビジュアルを維持するのも……大変ね……私には……とても無理」

荒い息を吐きながら、古都は言った。

本音だった。

朝バナナダイエット、朝リンゴダイエット、豆腐主食ダイエット、ロカボダイエット……過去に何度かダイエットを試みたことがあるが、どれも一週間と続かなかった。

「僕はこれが仕事だから。ピアニストが日に八時間の練習をしたり歌手がボイトレしたりするのと同じだよ。君達の遊び半分と一緒にしないでくれ」

長距離を走りながらと思えないほどの普通の声音で、海斗が憎まれ口を叩いた。

だが、よく考えれば海斗の言う通りだった。

有名デザイナーの衣装を纏い、歩く広告塔として全世界のファッショニスタの注目を浴びる仕事……それがどれだけのプレッシャーか、古都には想像もつかない。

「五億」

海斗が、唐突に呟いた。

「え?」

「ショーの当日に衣装が入らなくてステージに上がれなかったトップモデルが請求された損害賠償金だよ」

「五億も!?」

古都は、疲れも忘れるほどに驚いた。

「世界中のマーケットを相手にしたビジネスだから、ドタキャンしたらそうなるよ」

茶色の巻き毛の大型犬……エアデールテリアを連れた婦人と擦れ違った。

犬好きの古都だったが、いまは構っている余裕はなかった。

道幅はさらに狭くなり、上り坂になった。

「このへんはリンデンホフと呼ばれるチューリヒでも最も古い地区で、ローマ時代には税務署があった場所らしいよ」

海斗のガイドは、ほとんど耳に入らなかった。

脇腹に差し込むような疼痛が走り、肺が破れそうだった。

「あのさ……」

少し休まない、と言いかけたとき、海斗が公園のような開けた丘で足を止めた。

古都はすぐに膝に手をつき、荒い息を吐いた。

「仕方ないから、休憩にしてやるよ。僕の密着取材を志願するなら、ジョギングが日課なことくらい頭に入れて走り込んでおけよ」

恩着せがましく嫌味な物言いだが、海斗が自分のために休憩を取ってくれたのは意外だった。

それに、海斗の言う通り備えが足りなかった。

海斗がジョギングを欠かさないというのはいろんなインタビューで答えていることで

あり、古都も知っていた。

密着取材となれば、一緒に走ることもあるだろうと少し考えればわかるはずだ。

「ごめんなさい」

古都は、素直に詫びた。

「そうあっさり謝られると、気持ち悪いな」

「私だって……反省くらいするわ。……あれは？」

息を乱しながら、古都は十数メートル先で集まりなにかをやっている老人達に視線を移した。

「ああ、地元のおじいちゃんおばあちゃんがチェスをやってるのさ」

「チェス⁉」

予想外の返答に、古都は思わず訊ね返した。

「日本ならゲートボールだろうけど、スイスではチェスのほうが人気あるんだ」

「へえ〜、チェスなんてお洒落(しゃれ)。さすがはスイスのお年寄りね」

ようやく、呼吸が整ってきた。

「素人みたいなこと言ってないで、こっちにこいよ」

海斗が馬鹿にしたように言うと、手招きした。

「だって、海外は初めて……」

青緑のリマト川、視界を染める煉瓦色(れんがいろ)の屋根、グロスミュンスターの背後に連なるアルプス山脈、対岸に見えるアーケード……眼下に広がる景色の美しさに、古都は息を呑んだ。

「こうしていると、嫌なことも悩み事も一気に吹き飛んでしまうんだ。そんな小さなことと、気にするだけ時間の無駄だって」

不意に海斗が、景色を眺めつつ言った。

「あなたにも、嫌なことや悩み事があるんだ？」

からかう意味でなく、海斗の口からそんな言葉が出るのが本当に意外だった。

「昔ほどじゃないけど、いまだに東洋人には差別があってさ」

気を悪くしたふうもなく、海斗が言葉を続けた。

「差別？　イエローモンキーとか？」

「いつの時代だよ？　さすがにそれはないけど、僕が控室に入ると欧米のモデルが馬鹿にしたように何度もお辞儀してきたり、英語やフランス語で話すとクスクス笑いながらまねしてきたり」

海斗が、物憂げな横顔で言った。

「ひどい！　自分達のほうが優れてると思ってるのかしら！」

「まあ、じっさい、モデルの世界は百メートル走と同じで日本は格下だからな」

「格下って……昭和のときと違って、日本人もスタイルがよくなってきてるでしょう⁉　手足が長くなって、顔はちっちゃくなってさ」

「それでも、欧米のモデルと並ぶと全然違うよ」

海斗は、景色を眺めたまま言った。

ため息が出るような九頭身スタイルの海斗でさえも格下扱いされるとは、モデル業界は想像を絶する世界なのだろう。

「どんな悩み事とかあるか聞いていてもいい？　レコーダー回ってるけど」

古都の予想に反して、この調子ならまともな取材ができそうだった。

「悩みなんて、一杯あるよ」

「差し支えのない範囲でいいから、教えてくれない？」

「ん〜そうだな〜。たとえば、日本の女の子なら女優でもアイドルでも簡単に落とせるけど、海外のモデルはなかなか手強いってこととか」

海斗が、古都のほうを向き渋面を作った。

「は？　それが悩み？」

「うん。さっきも言ったけど、世界の壁はまだまだ高いってやつだよ。でも、時間をかければ口説ける自信はある。日本のモデルで海外に通用するのは、僕くらいなもんだよ」

海斗が、得意げな顔で言った。

「真面目に聞いて損した。ICレコーダーの無駄遣いになるでしょ」

古都は、海斗を軽く睨みつけた。

「いま気づいたんだけどさ、怒った顔は中の上くらいのかわいさ行ってるかも」

「茶化さないで……」

「そのまま使えよ」

海斗が、古都を遮った。

「え？」

「僕の密着取材だろ？　だったら、僕の口から出たことはすべて記事にしろよ」

「日本の女の子は簡単に落とせるけど外国人モデルは難しいなんて、書けるわけないじゃない」

古都は、呆れた顔を海斗に向けた。

「どうして？」

「どうしてって……そんなことを書いたら、あなたのイメージダウンになるでしょう？」

「だから、嘘を書くってわけ？　都合のいいセリフだけを美化して書いて、僕の好感度を上げる。そんなの、本当の僕じゃないだろ？」

真顔で言う海斗に、古都は困惑した。

どこまで本気で言っているのか？

自分をからかっているのかもしれない。

「じゃあ、逆に訊くけど、本当のことを包み隠さず書く芸能人なんていると思う？　じつは彼氏がいて同棲していますって、アイドルのことを記事に書く？　じつはビールは大嫌いだけどＣＭでは美味しそうに飲んでいます、って、俳優のことを記事に書く？　芸能界はイメージ商売でしょう？　そんなことくらいわかっているはずなのに、私を困らせようとしているの？」

「いや。僕はありのままの僕を書いてほしい。君が見たこと、聞いたこと、感じたことを、そのまま書いてよ。それで好感度が落ちて消えるようなら、僕はその程度のモデルってことさ」

呆れるほどにあっけらかんとした口調で、海斗が言った。

古都に向けられた澄んだ瞳が、からかっているわけでも冗談を言っているわけでもないことを証明していた。

海斗という男が、よくわからなくなった。

女を物のように扱う軽薄な男、自分を飾ろうとしない馬鹿がつくほどに正直な男……どっちが本当の彼なのだろうか？

「それとも、そんな記事を書いたらチーフや上司に怒られそうで怖いのか？」

挑戦的な口調で、海斗が訊ねてきた。

「あなたのチーフなんてどうでもいいけど、私を信じて任せてくれた編集長には迷惑をかけたくないわ」

「任せてくれたっていうか、押し切られたって感じだったけどな」

小馬鹿にしたように言うと、海斗が肩を竦めた。

「どっちにしても、いまこうしてあなたの取材をしているってことは、結果的に任せてくれたってことなの！　それに、あなたの言うことやることそのまま書いたら、R指定でしょう！」

古都が言うと、海斗が大笑いした。

「R指定！　たしかに。うまいこと言うな」

海斗は、涙目になっていた。

「笑いごとじゃないわ。とにかく、私の好きにするから。あなた、言ったでしょう？　私の感じたままを書けって。あなたの言葉をそのまま書かないからって、嘘で塗り固めた好感度アップの記事じゃないってことを証明して見せるから！」

古都は、胸を叩き鼻息荒く宣言した。

「本当に変わった子だね、君は。ま、好きなようにやってみなよ。僕も好きなようにやるから」

言い終わらないうちに、海斗が駆け出した。

「え……もう行くの？」

「いつまで休憩しているつもりだ」

振り返らずに言うと、海斗がスピードを上げた。

「待ってよ」

慌てて古都も、海斗の背中を追った。

5

「遅いな……なにしてるんだろう」

古都は、スマートフォンのデジタル時計に視線をやった。

ジョギングから事務所に戻り、「ソピア」の入る建物のエントランスで待って二十分が経っていた。

着替えてくるだけだから十分くらいで戻ると言われていたが、とうに約束の時間は過ぎていた。

「ま、いいか。休憩にもなるし」

古都は気分を切り替え、海斗に取材する内容をまとめているスマートフォンのノートを開いた。

数年ぶりに何キロも走った古都の足には乳酸が溜（た）まり、棒のように硬くなっていた。

○仕事の日の一日の流れ
○休日の過ごしかた
○趣味
○メンテナンス

○行きつけの店
○一日の食事メニュー
○好物や苦手な食べ物
○信念、こだわり

古都は、ランダムに書き留められた文字を確認した。

ここに書いていないことでも、訊かなければならないことが山とある。

取材は、百得た情報の一割を使うくらいが……九割の情報は捨てるくらいがちょうどいい記事になる。

つまり、選択肢を多くするために様々な角度から質問することが必要だった。

とりあえず、まずはルーティーンのジョギングで一日が始まるのがわかった。

海斗のランニングフォームはきれいで、一キロや二キロ走ってもまったく息が乱れなかった。

――僕はありのままの僕を書いてほしい。君が見たこと、聞いたこと、感じたことを、そのまま書いてよ。それで好感度が落ちて消えるようなら、僕はその程度のモデルってことさ。

不意に、海斗の言葉が蘇った。

あのときの海斗は、古都が抱いていた軽薄で傲慢な印象の男ではなかった。

もしかしたら、嫌な男を演じているだけで本当は……。


——抱かれるために、わざわざホテルまで押しかけてきたんだろう？


古都は、脳内に浮かびかけた思考を慌てて打ち消した。

演じているのではなく、軽薄で傲慢なのは海斗の素なのだ。

しかし、少なくとも嘘を吐く男ではないようだ。

そうでなければ、マイナスになるような言動を記事にしてもいいなどと言うわけが……。

ふたたび、思考を打ち消した。

海斗のありのまま発言を聞いてから、古都の中に彼はそこまで嫌な男ではないのではないかと思おうとしている自分がいた。

騙されてはいけない。

それが、海斗の手なのかもしれない。

ギャップを見せて、自分に好感を持たせる。

それで、これまでに何人もの女性を……。

古都は、頭を振った。

そもそも、海斗が軽薄な女たらしであろうとなかろうと関係のないことだ。

自分の考えるべきは、「バーグ」の読者が満足する記事を書くことだ。

「お待たせ」

海斗の声に、古都は顔を上げた。

「遅かった……」

古都は、言葉の続きを呑み込んだ。

黒のチェスターコートに黒のスキニーデニムに着替えた海斗の隣に、揃いの黒のチェスターコートに白のダメージデニムを合わせた若い日本人の女性が立っていた。

女性も百七十センチはあろうかという九頭身スタイルの小顔で、一目で海斗と同業だということがわかった。

ニットキャップから伸びたロングの黒髪と豹のような鋭い瞳がエキゾチックな印象を与えた。

「彼女は果林。同じ事務所のモデルだよ。今朝スイスに到着したらしくて、会いにきてくれたんだ。こちらは、僕の密着取材を担当している『バーグ』のライターさんで小野寺古都さん」

「果林だよ、よろしく」

屈託のない笑顔で、果林が言った。

そんなラフな感じも、彼女がやると様になる。

「お世話になっています。私、『バーグ』の……」

「あ、そういうのいらない。いまは、プライベートできてるから」

果林が、名刺を出そうとする古都を遮った。

「え……お仕事じゃないんですか？」

「うん、そうだよ。オフを取って、海斗に会いにきたの」

弾む声で言うと、果林が海斗に腕を絡めて笑顔を向けた。

「あ、ああ……彼女さんですか？」

「違うよ。ガールフレンドの一人」

訊ねる古都を、海斗が否定した。

「その言いかた、なんかやだな。大勢の中の一人みたいじゃん」

果林が、頬を膨らませた。

なにをやっても、抜群のビジュアルだと絵になるものだ。

「だって、大勢の中の一人だから」

あっさりと、海斗が言った。

「ひど〜い！　わざわざ自腹でスイスまで飛んできたのにぃ」

果林が、海斗の腕を引きながら甘えた感じで睨みつけた。

「わかった、わかった。僕の密着に登場させるからさ。休日のデートって感じで」

「え!?　本当!?」

果林の顔が、パッと輝いた。

「あの……悪いんだけど、そんなこと勝手に決められたら困るわ」

古都は、海斗に向けて言った。

「え？　なんでライターがそんなこと決めるの？　っていうか、ライターがどうしてタメ口？」

果林が、気色ばみ古都に詰め寄った。

「彼女は変な子だから。気にしなくていいよ」

海斗が、果林の行く手を遮り言った。

「いくら変な子でも、ライターのくせにモデルにタメ口はおかしいでしょ⁉　それとも、海斗にタメ口を使える関係なの⁉」

果林が、納得できない、という表情で今度は海斗に詰め寄った。

「失礼ね！　そんなわけ……」

「果林の言う通りだよ」

反論しようとする古都を、振り返り様に海斗が遮った。

「僕の密着なんだから、デートをしたっていいだろ？　さっきも言ったよな？　ありのままの僕の言動を記事にしてくれって。君の計画にないことが却下なら、それはもう海斗の密着記事じゃなくて小野寺古都の記事だよ」

悔しいが、海斗の言うことは正論だった。

いきなり現れた果林の存在に、動揺してしまったようだ。

「ごめんなさい。私が間違っていたわ」

古都は、素直に詫びた。

「だから、そのタメ口を……」

「とりあえず、エスプレッソでも飲みに行こう」

海斗が、果林の腰に手を回し歩き始めた。

少し距離を置いて、古都も二人に続いた。

「海斗は、馴れ馴れしくされて嫌じゃないの!?」

「君の言葉しか耳に入らないから、気にならないよ」

海斗は優しく言いながら、果林の頭を撫でた。

「信じないもん。だって、私は大勢の中の一人なんでしょ？」

果林が甘えた鼻声で拗ねて見せた。

「僕は、一人一人に真剣に愛情を注いでいるから。君一筋だよ、とか言いながら陰で浮気している奴より誠実だろ？」

悪びれたふうもなく、海斗が言った。

歯が浮きそうだった。

一瞬でも、海斗の女性に対しての軽薄な姿はポーズかもしれない、と思った自分が馬鹿だった。

海斗は、見たまま、そのままの女たらしだ。

「陰で浮気してない男もいると思うけど？」

古都は、皮肉っぽく口を挟んだ。

「そんなこと言ってる子にかぎって、浮気男に引っかかるんだよ。浮気しない男なんて、白いカラスをみつけるくらい大変だって」

海斗が、鼻で笑った。

「これも、ありのまま書いちゃっていいの？」

古都は、意地悪な気持ちで確認した。

「もちろん、どーぞ」

海斗が、振り返り笑顔で言った。

強がっているふうにはみえなかった。

「あ！　ここ、有名な店だ！」

不意に果林が大声を上げ、カラフルなマカロンタワーがディスプレイされた白い建物を指差した。

スイスを代表するチョコレート専門店の「コンフィズリー・シュプリングリー」は、古都も知っていた。

チューリヒ本店はカフェも併設しており、大の甘党の古都も滞在中に寄りたいと思っていた。

中でも、トリュフ、プラリネ、ケーキ、マカロンは死ぬまでに一度は食べておきたかった。

あっさりと夢が叶ったわけだが、このシチュエーションは複雑だった。

「わー！　マカロンかわいー！」

果林は海斗の腕を取りながら、二階のカフェへ続く階段を弾む足取りで上がった。

「海斗と『シュプリングリー』でデートができるなんて、スイスにきてよかったー」

ギャルソンにテーブルに案内された果林が、蕩けそうな顔で海斗をみつめた。

海斗の気持ちはともかく、果林は本気のようだった。

「私は、トリュフケーキのシュニッテにする！」

果林が、メニューの写真を指差した。

「僕は太るから、エスプレッソだけでいいよ」

「あー！　自分だけそんなのずるい～。私だけ太っちゃうじゃーん」

鼻にかかった声音で言うと、果林が頰を膨らませた。

「太っても、果林はかわいいよ」

「そんなの信じないもん！　海斗の周りには、きれいな女性がうじゃうじゃいるし、私、絶対に誰よりも光り輝いていたいし」

「果林の輝きは、ケーキの一つや二つじゃ失われないから大丈夫さ」

古都は所在なさそうに立ち尽くし、二人のやり取りを見ていた。

「店の人に迷惑だから突っ立ってないで、早く座れよ」

海斗が、古都に手招きした。

「え？ 同じテーブルに？ 店は空いてるんだから、ほかの席でいいじゃん」

すかさず、果林が不服そうに言った。

「だめだよ。密着取材なんだから。そうだろ？」

海斗が、果林に移した視線を古都に戻した。

「あ、まあ……でも、近くの席でも……」

「いいから、早く座れって。離れてたら会話も聞き逃すし、密着にならないだろう。遊びじゃないんだから、プロに徹しなよ」

言いかたに腹が立つが、尤もだった。

二人の邪魔になりたくない……二人のいちゃつきを見ていたくない、という思いが心のどこかにあった。

「じゃあ、お言葉に甘えて」

古都は気持ちを切り替え、果林とは反対側の海斗の隣に座った。

「図々しい……マジでありえないんだけど……」

果林が、古都を睨みつけた。

「なにか頼みなよ」

何事もなかったように、海斗がメニューを差し出した。

「ここは『バーグ』の経費で落としますから、お好きな物をどうぞ」

古都は、取材する立場を強調するように海斗と果林に言った。

「お金は自分で払うから、いなくなってほしいんだけど？」

果林が、挑発的な眼で古都を見据えた。

「すみません。ご迷惑でしょうけど、私はいないものだと思って」

古都は感情を殺し、果林に笑顔を向けた。

「海斗〜、なんとかしてよ〜。せっかく日本からきてるのに、二人っきりになれないじゃん」

古都にたいしてのときと違い、果林は甘えた声で海斗に訴えた。

「しようがないだろ？　君が取材のときにきたんだから」

そうよ、こっちの仕事に割り込んできたのはあなたのほうでしょ！　もっと言ってやって！

古都は、心で海斗にエールを送った。

「そんな言いかたするなんて、ひどいよ」

果林が力なくうなだれた。

気を引こうとしているのが、みえみえだった。

「まあ、そう膨れるなって。まだ、スイスにいるんだろ？」

「うん、明後日までいるよ」

「どこのホテルに泊ってるの？」

「あ、取ってない」

「え？　なんで？　泊るとこなくてどうするんだよ？」

「あるよ」

果林が、海斗を指差した。

「え？　僕のホテル？」

海斗が、素頓狂な声を上げた。

相手の許可も取らずにホテルに泊めて貰おうとするなんて、なんと厚かましい女性だ。

しかし、海斗の性格なら受け入れてしまうだろう。

どうでもいいこと……海斗が誰を泊めようと、自分には関係のないことだ。

「そうよ。いいでしょ？」

「僕がホテルを取ってやるから」

「もったいないからいいって。一緒に泊ったほうが、なにかと合理的でしょ？」

「なにかとって、エッチのこと？」

海斗が、あっけらかんとした口調で言った。

古都は高熱におかされたように顔が熱くなった。

「もう、海斗ったら、彼女がいるのにそんなこと言ったらだめじゃない」

言葉とは裏腹に、果林は嬉しそうだった。

「ありのままの僕を記事にして貰うって約束だから。いまのも、書いていいから」

海斗が、古都にウインクした。

動揺した古都は、憎まれ口を返すこともできなかった。

「じゃあ、今夜、海斗のホテルに行くね」

「だから、ホテルを取ってあげるから」

海斗が、にべもなく言った。

意外だった。

彼の性格なら、てっきり果林を泊めるものだと思っていた。

「なんでよぉ？　あ！　もしかして、女の子を連れ込んでるんじゃないでしょうね？」

果林が、疑いの眼を海斗に向けた。

「まさか。チーフが仕事で取ったホテルに、女の子を連れ込むほど僕は分別のない男じゃないから」

さらっと言い切る海斗を、古都は不覚にもかっこいいと思ってしまった。

騙されてはならない。

果林にしつこくされるのを嫌って、方便を使ったに違いない。

「私は特別……」

執拗に食い下がる果林を遮り、海斗が手を上げギャルソンを呼んだ。

「君はなににする？」

古都に訊ねてくる海斗にコーヒーと告げると、流暢なフランス語で三人ぶんの注文をした。

こういう姿を見ると心を射貫かれる女子も多いのだろうが、古都はそんなにミーハーではなかった。

海斗のような男性にとっては、意外性を見せる一つ一つの言動も女子を口説くためのツールに過ぎないのだ。

「海斗さんが、モデルになったきっかけはなに？」

古都は雑念を捨て、仕事に集中した。

「お、いきなり、ザ・取材って感じの質問だな。代官山を歩いているときに、倉木チーフにスカウトされたんだよ。ま、これだけのいい男が歩いていたら、スカウトマンなら声をかけないわけがないけどさ」

海斗が、涼しい顔で言った。

「モデルにならなければ、なにをやっていたと思う？」

「ホスト、ジゴロ、ヒモ」

間を置かず、海斗が答えた。

「真面目に答えてよ」

「真面目だよ。このビジュアルを活かす仕事でモデル以外と言えば、そんなもんだろ？」

「果林さんに、質問してもいいですか？」

古都は、果林に顔を向けた。

「なによ？」

「もし、海斗さんが……あ、ごめんなさい。やっぱりいいです」

いったい、なにを訊こうとしている？

これは海斗の密着取材で、果林の気持ちなど知る必要はない。

「途中まで訊いたんだから、最後まで言ってよ」

果林が、怪訝な眼を向けた。

「間違えたので……」

「海斗さんがモデルじゃなくても、好きになってますか？　って訊くつもりだったんだよ」

古都を遮り、海斗が果林に言った。

「ちょっと、そんなでたらめ言わないでよっ」

「ムキになっているところをみたら、図星か？」

海斗が、ニヤニヤしながら古都の顔を覗き込んできた。

「そんなわけないでしょ……」

古都は力なく言うと、視線を逸らした。

「ほら、図星じゃないか。素直になれよ。君は否定したけど、やっぱり僕が目当てで密着取材を申し出てきたんだろう？　危うく、騙されるところだったよ」

「え⁉　なにそれ⁉」

果林が、素頓狂な声を上げた。

「そ、そんなわけないでしょ！　果林さんが誤解するから、変なこと言わないでよっ」

古都は、慌てて否定した。

「だったらなんで、果林に僕がモデルじゃなくても好きになったか、なんて訊こうとしたんだよ？」

海斗が、真顔で訊ねてきた。

その真顔が、古都の羞恥心を刺激した。

海斗が目当てで密着取材を志願したわけではないが、果林に質問しようとした内容は当たっていた。

だが、ここでそれを認めるわけにはいかない。

認めてしまったら、本当に海斗に口説かれようと取材にかこつけて近づいたことにされてしまう。

「だから、その質問はあなたがでっちあげたんじゃないの！」

古都の勢いに、注文を運んできたギャルソンが顔を顰めた。

「あ、ごめんなさい……」

咄嗟に古都は、ギャルソンに頭を下げた。

「あなたのせいで、愉しみにしてたスイーツを食べる気分じゃなくなったわ」

果林が、目の前のトリュフケーキに視線を落としながら不機嫌な声で言った。

「果林さん、それは誤解です。海斗さんが、勝手に話を作っているだけですから」

古都は、必死に弁明した。

「じゃあ、海斗の密着取材から外れてよ。そうしたら、信用してあげてもいいわ。できるでしょ？　ほかの人に代わればいいだけなんだから」

果林が腕を組み、古都に二者択一を迫った。

「私はそれでもいいんですけど……」

古都は言葉を濁し、海斗を見た。


——ド素人だから、いいんだよ。こっちも雑に扱えるし、変な気を遣わなくてもいいし。下手に仕事ができる人間が付いたら、息が詰まるしな。


脳裏に、海斗の言葉が蘇った。

「放り出したければ、放り出せば？」

海斗が、突き放すように言った。

「あなたが、私を指名したんじゃないっ。記事が三流だったらライターを辞めて貰うなんて、意地の悪い条件付きでね！」

古都は、海斗を指差し睨みつけた。

「ああ、そのことを気にしているのか？　心配しなくてもいい。担当変わっても、ライターを辞めなくていいからさ」

海斗が、薄笑いを浮かべた顔を古都に向けた。

「自分の都合で、簡単に約束を放り出すつもり!?」

「僕の都合じゃない。放り出すのは、君の都合だろ？」

「なんで私の都合なのよ!?　放り出したいなら放り出せばって、あなたが言ったから……」

「果林に担当を外れろって言われて、僕に決めさせようとしただろ？　だから、そう言ったんだ。果林に詰め寄られたくらいで仕事を放り出す無責任なアマチュアに、僕の密着取材なんて任せられるわけないだろう？」

海斗が、冷めた眼で古都を見据えた。

「そんな……」

古都は怒りと屈辱で、二の句が継げなかった。

眼を閉じた。

深呼吸をして、気を静めた。

いま口を開けば、聞くに堪えない罵詈雑言(ばりぞうごん)を浴びせてしまいそうだった。

そんなことをしたら今度こそ本当に、「バーグ」は取材拒否されてしまう。

自分さえおとなしく身を引けば、あとは香織が担当になりうまくやるはずだ。

「わかりました。短い期間でしたが、ありがとうございました」

古都は五ユーロ紙幣八枚をテーブルに置いて立ち上がると、海斗に頭を下げた。

6

古都はスプーンに掻き回されるカプチーノの、クリームが跡形もなくコーヒーに溶け込む様を虚ろな瞳でみつめた。

「シュプリングリー」に海斗を置き去りにして出てきてから古都は、無意識に海斗の宿泊する「シュヴァイツァーホフ」があるルツェルンに移動していた。

古都が入ったのは、「シュヴァイツァーホフ」から歩いて数分のアンティークな雰囲気のカフェだった。

――果林に詰め寄られたくらいで仕事を放り出す無責任なアマチュアに、僕の密着取材なんて任せられるわけないだろう？

海斗の声が、古都の胃を鷲掴みにした。

図星だった。

真実を衝かれたからこそ、感情的になってしまった。

自分が外されても「バーグ」が取材拒否にならなければいいという古都の考えは、無責任なアマチュアと言われても仕方がなかった。

短気を起こし仕事を放り出したことを謝り、もう一度担当に戻してくれと頼むべきか迷っていた……いや、そうするつもりだからこそ、ルツェルンに移動したのだ。

本当は、飛び出してすぐに後悔していた。

「シュプリングリー」に戻らなかったのは、果林の前で謝りたくなかったからだ。

プライドではない。

また、侮辱的なことを言われて冷静さを失いたくなかったのだ。

それに……。

——ほら、図星じゃないか。素直になれよ。君は否定したけど、やっぱり僕が目当てで密着取材を申し出てきたんだろう？　危うく、騙されるところだったよ。

ふたたび蘇る海斗の声に、今度は胃がちりちりと熱くなった。

たしかに、プロ意識が足りずに仕事を放り出した自分が悪い。

しかし、人権を蹂躙（じゅうりん）されたような侮辱を受けたことは話が別だ。

「そうよ。お互いに、非は認めるべきだわ」

古都は自らに言い聞かせるように口に出すと、テーブルチェックを済ませ席を立った。

☆

三階。宿泊客を装い擦れ違うベルボーイに会釈をした古都は、客室のドアの前で足を止めた。

海斗の宿泊している客室は、事前に香織から聞かされていた。

鼓動が早鐘を打っていた。

海斗は、謝罪を受け入れてくれるだろうか？

その前に、部屋に戻ってきているかどうかわからない。

まだ、夜の七時だ。

果林とデートしているだろうから、帰りが深夜になる可能性も十分にある。

心のどこかで留守であってほしいと願いつつ、古都はドアをノックした。

五秒……十秒……反応がなかった。

やはり、まだ、帰ってないようだ。

念のために、もう一度ノックした。

今度も、反応はなかった。

踵を返そうとしかけたとき、ドア越しに解錠音が聞こえた。

ほどなくして、ドアが開いた。

中から顔を覗かせたのは、古都の予想に反して黒のロングヘアと白い肌の、切れ長の涼しげな眼をした若い女性だった。

二十四歳の古都より、年下のように見えた。

「あ……すみません。部屋を間違えました」

古都は頭を下げ、踵を返した。

果林を部屋に連れてこなかった理由がわかった。

公私の区別はきちんとしていると、一瞬でも海斗を見直したことが悔しかった。

部屋に女性を待たせ、外で別の女性とデートするなど最低の男だ。

「あの……」

背後から、女性の声が追ってきた。

古都は立ち止まり、振り返った。

「お間違えではないと思います。私は、部屋の宿泊者ではありませんから」

女性が、澄んだ瞳で古都をまっすぐにみつめた。

海斗とは、不似合いな雰囲気を持つ女性だった。

こんなに清楚(せいそ)で純粋で、世間ずれしていない女性を誑(たぶら)かすなど許せなかった。

「でも……いえ……多分……間違ったと思います……」

古都は、しどろもどろになりながら言った。

「あっ、もしかして、私をこの部屋の宿泊者のガールフレンドだと思ってます？」

女性が、笑いを堪えつつ訊ねてきた。

「えっ……あ……いいえ……」

「葉山海斗を、訪ねてきたんですよね？」

「はい、そうです。でも、出直してきます」

観念して、古都は認めた。

「私、葉山桜です」

ふたたび踵を返しかけた古都に、女性……桜が言いながら頭を下げた。

「葉山……？」

「葉山海斗の妹です」

桜が微笑んだ。

「妹さん……」

古都は、毒気を抜かれたように呟いた。

よく見ると、目鼻立ちが海斗と似ていた。

「失礼ですが、兄のガールフレンドの方ですか？」

「はい⁉　とんでもない！　あんな女たらしと……あ……ごめんなさい！」

古都は、慌てて詫びた。

「いいえ、いいんですよ。その気持ち、よくわかります。外向きの兄しか知らなかったら、私だって絶対に彼氏にしたくないですから」

桜が、屈託なく笑った。

「外向きの兄？」

古都は、鸚鵡返しに言葉を繰り返した。

「それより、兄のガールフレンドでなければ、仕事関係の方ですか？」

桜の問いかけに、古都は名刺を取り出した。

「『バーグ』でライターをやっています、小野寺古都と申します」

古都は名刺を差し出しつつ、自己紹介した。

「改めまして。葉山桜です。とりあえず、中へお入りください」

「いえ、海斗さんがいないのに勝手に……」

「兄から、今夜は遅くなると連絡が入りましたからお気になさらず。さあ、どうぞ」

桜が遮り、古都を促した。

果林と……。

古都は脳裏に浮かびかけた想像を打ち消した。

海斗がどこで誰となにをしようと、自分には関係のないことだ。

「お邪魔します」

室内に足を踏み入れた古都は、息を呑んだ。

広々とした部屋に敷き詰められた紺色の絨毯、モスグリーンの革ソファ、大人が三人は寝られそうなキングサイズのベッド……古都が宿泊している部屋に比べて四、五倍はありそうな空間だった。

驚くべきは、奥にも部屋があることだった。

「凄い部屋ですね」

「私がいるからって、事務所に頼んで兄がこんな贅沢な部屋を取ってくれたんです。私は、もっと狭いほうが落ち着くんですけど」

苦笑いしながら、桜が古都をソファに促した。

桜は顔立ちは海斗と似ているが、物腰や雰囲気……もっと言えば人間的な本質が兄とは正反対のような気がした。

「兄がストイックだから、ミネラルウォーターしかないんですけど」

桜がサイドテーブルに脚付きのグラスを置き、瓶入りのミネラルウォーターを注いだ。

「ありがとうございます。あ、これ、『スルジーヴァ』じゃないですか」

「スルジーヴァ」は南アルプスの雪解け水を使用した高級なミネラルウォーターで、硬水愛好者の多いヨーロッパでは珍しい口当たりのいい軟水だった。

「いろいろと、こだわりが強くて。どこのメーカーでも同じ味じゃない、って言うと、繊細な兄にひきかえよくも大雑把な妹が生まれたもんだな、って逆襲されるので、最近は余計なことは言わないようにしています」

思い出し笑いする桜の表情から、兄のことが大好きだという思いが伝わってきた。

身内以外の女性には最低の男でも、妹の瞳には違って映るのだろうか？

「妹さんは、プライベートでスイスにきているんですか？」

古都は訊ねると、ミネラルウォーターで喉を潤した。

銘柄を見たからかもしれないが、すっと喉を通り口当たりがいいように感じた。

「半分半分です」

「え？」

「兄の身の回りの世話をするために呼ばれたんです。といっても、空いている時間は自由なので、あちこち観光ができて得した気分ですけど」

桜が、無邪気に微笑んだ。

どんな仕草も表情も物静かで落ち着いており、海斗の妹というよりも姉のような包容力があった。

海斗だけでなく、桜は自分とも正反対のタイプだ。

「お兄さんの仕事のときは、身の回りの世話のためにいつも同行しているんですか？」

古都は、率直な疑問を口にした。

「はい。これまで、フランス、ロンドン、ニューヨークにもついて行きました」

「身の回りの世話ならスタッフもいるし、ほかにも……」

いくらでも女の人がいるでしょう。

古都は、喉まで出かかった言葉を呑み込んだ。

妹の前では、そういう面を見せずに真面目な兄を演じているのかもしれない。

いや、きっとそうに決まっている。

そうでなければ、いくら妹でも愛想を尽かすはずだ。

「いくらでも世話する女の人がいる……って言おうとしたんですよね？」

桜が、口もとに笑みを湛え古都の瞳を覗き込んできた。

「え!? そ、そんなこと、思うわけないじゃないですか！」

慌てて、古都は否定した。

「小野寺さんは、正直な人ですね」

桜が、含み笑いをした。

「え……」

「嘘を吐いてます、って顔に出てますよ」

「わ、私は……嘘なんて……」

「僕に落とせない女なんていない。女はみんな、海斗の彼女っていうブランドほしさに蜜に群がる蟻のように寄ってくる。女はみんな、僕に抱かれたがっている」

唐突に、桜が言った。

「え……？」

「すみません」

続けて、桜は頭を下げた。

「ちょ……ちょっと、やめてください。いきなり、どうしたんですか？」

古都には、なにがどうなっているのかわからなかった。

「兄は、小野寺さんにどんな失礼なことをしたんでしょうか？　代わりにはなりませんが、私から兄の非礼をお詫びします」

桜が、澄んだ瞳で古都をみつめた。

「桜さんは、お兄さんが女の人を物のように扱っているのを知っていたの!?　あ、ごめんなさい。馴れ馴れしい言葉遣いになっちゃいました」

古都は、驚きを素直に口にした。

この真面目で常識的な妹が、兄の正体を知っているなら軽蔑するはずだ。

なのに、付き人として兄の世話をしているのはなぜか？

桜は海外旅行目当てに、兄を利用するような女性には見えない。

「いいんです。私のほうが年下だと思いますから。それより、兄にどんなひどいことを言われたんですか？」

「桜さんが言っていたようなことよ。私、海斗さんの密着取材の担当なんだけど、初対面のときにいきなり、僕に抱かれるのが目的で近づいたんだろ？　って。思い出しただけで、腹が立つ！　あ……ごめん」

古都は、桜に詫びた。

兄がどんなにひどい男でも、妹に責任はない。

桜が、口に手を当て控え目に笑った。

「小野寺さんって、面白い方なんですね。そんな失礼なことを言った兄の代わりに、改めて謝ります。すみませんでした」

　桜が頭を下げた。

「あなたが謝ることはないわ。それに、私も海斗さんに謝りにきたの」

「どうして、謝るんですか？　ひどいことを言われたのは小野寺さんなのに」

「私は、言われれっ放しになっている性格じゃないの。最低、最悪、軽薄……考えつくかぎりの罵詈雑言を浴びせてやったわ」

「そんなの、兄の侮辱的発言に比べればあたりまえですよ。もっと、こてんぱんにしてもいいくらいです」

　桜は気を悪くするどころか、古都を焚きつけてきた。

「それだけじゃないわ。海斗さんの担当を、勝手に外れてしまったの」

　古都はため息を吐き、うなだれた。

　このままでは、香織に顔向けができなかった。

「そうだったんですか……。それで、今日はなにを？」

「海斗さんに謝り、担当に戻して貰おうと思ってきたの。私の感情だけで、恩のある編集長の顔に泥を塗るわけにいかないから。でも、海斗さんにも私を侮辱したことは謝って貰うわ」

「もし、兄が謝らなかったら、担当はどうされるんですか？」

「迷ってるわ。編集長のことを考えると下りるべきじゃないと思うんだけど、海斗さんに言われたことを水に流せる自信はないし……」

古都は、正直な胸の内を明かした。

「私は、小野寺さんに兄の担当をやってほしいです」

桜が、力強い口調で言った。

「どうして？」

「兄と小野寺さんは、波長が合うと思うんです」

「はい⁉　私と海斗さんが？　じょ……冗談でしょう⁉」

古都は、思わず素頓狂な声を上げた。

「いいえ。兄は、きっと小野寺さんのことを気に入っていると思います」

「女性を見たらのべつまくなしに口説くから……あ……ごめんなさい」

「兄は小野寺さんに謝るべきだと思います。もし謝らないなら、私からも説得します。だから、兄を許してあげてほしいんです」

桜が、切々と訴えた。

「妹さんとしてお兄さんを思う気持ちはわかるけど……」

「妹としてでなく、一人の女性としても同じことを頼みます」

古都を遮り、桜が強い光の宿る瞳でみつめた。

「なぜ、そこまでお兄さんを庇う(かば)の？」

古都は、納得できない疑問をぶつけた。

「本当の兄を知っているからです」

桜が即答した。

「本当の兄？」

「はい。小野寺さんやいろんな女性の前で見せている兄は役者です」

「え？　役者？　それは、どういう意味？」

古都は、わけがわからず怪訝な顔を桜に向けた。

「兄は、軽薄なプレイボーイを演じているんです」

桜が冗談を言っているふうには見えなかった。

「妹さんには悪いけど、私にはそういうふうには見えないわ」

「そう思うのは、しようがないですね。あ、でも、女性不信なのは演技ではありません」

「みんなが、海斗さんの売れっ子モデルというブランド目当てで寄ってくるから？」

古都は、海斗から聞いた言葉を思い出しつつ言った。

「それも、多少はあると思います。でも、一番大きなきっかけは、兄が八歳、私が三歳の頃に母が父に離婚したいと告げてきた理由です」

桜の口から出たのは、予想外の言葉だった。

「ウチの母も、若い頃モデルをやっていたらしくて、当時父はカメラマンで撮影現場で出会ったそうです。子育てが一段落したときに母はママモデルとして復活して、雑誌で仕事をした年下のモデルに夢中になって、父の知らないところで男女関係になっていたみたいです」

「それで、お父さんは？」

「養育権は渡さないという条件付きで、あっさり認めたそうです」

「お母さんが、納得しないでしょう？」

古都が言うと、桜が首を横に振った。

「母も、あっさり条件を受け入れたそうです。父は、子供より恋愛に走る母に愛想を尽かしていたみたいで、引き留めも説得もしなかったと兄から……」

「おいおい、担当を外れた部外者に衝撃秘話を話しても無駄だよ」

突然入ってきた海斗に、心臓が止まりそうになった。

「あれ？　今夜は遅くなるんじゃなかったの？」

桜が立ち上がり、海斗の上着を受け取りながら訊ねた。

兄妹と聞いていなければ、夫婦だと勘違いしてもおかしくない空気感だった。

「ああ、なんか、疲れちゃってさ」

「ご飯は？」

「食べてきた。ところで、なんの用だ？」

海斗がソファに腰を下ろしつつ、桜のミネラルウォーターのグラスを口もとに運び古都に顔を向けた。

「それは……」

今日は会えないと思っていたので、古都は用意していた言葉をすぐに出せなかった。

「どうせ担当に戻りたくて、謝りにきたんだろ？」

海斗が、勝ち誇ったように言った。

カチンときたが、ここで言い返せば堂々巡りになる。

「そうよ。編集長に迷惑をかけたくないし、仕事を放棄するなんてあなたが言ったようにプロ意識に欠ける行為だと思うから」

古都は、努めて冷静な口調を心がけながら言った。

「成長したじゃん」

小馬鹿にしたような海斗の態度に、古都は眼を閉じ呼吸を整えた。

「お願いがあるの」

眼を開け、古都は言った。

「『バーグ』のライターとして取材対象のモデルさんにたいしての数々の非礼を反省し、あなたにきちんと詫びて、心を入れ替えるわ。だから、海斗さんも、『バーグ』のライターには謝らなくていいけど、一人の女性としての小野寺古都にたいしての侮辱的言葉を……」

「失礼なことを言って、悪かった」

いきなり、海斗が詫びの言葉を口にした。

ふざけているわけでも、不貞腐れているわけでもなく、いままで見たことのないような誠実な瞳で古都をまっすぐにみつめていた。

「本当に、ごめん」

今度は、海斗が頭を下げた。

「ちょ……やめてよ、そんなこと。顔を上げて」

てっきり憎まれ口でも叩かれると思っていたので、予想外のリアクションに古都は慌てた。

海斗が顔を上げた。

相変わらず海斗の表情は、いつもとは違う真面目なものだった。

「私のほうこそ……」

「謝らなくていい。密着取材を続けてくれ」

古都を遮り、海斗が言った。

「え……どうして、謝らなくていいの？」

「君は悪くない」

耳を疑った。

目の前にいる海斗は瓜二つの双子の兄弟なのではないか、と疑うほどに別人のような言動だった。

「もしかして、妹さんの前だからそう言ってるの？」

「じゃあ、土下座して僕の靴を舐めろ」

瞬間、古都は固まった。

「なんて、言われたら嫌だろ？　桜の前だからとかじゃなくて、さっきのは本音だよ」

海斗が、悪戯っぽく笑ったあとにふたたび真顔で言った。

「なんだか、狐に摘まれているみたい」

古都は頰を抓った。

「昭和世代みたいなリアクションだな。年をサバ読んでるんじゃないのか？」

いつもの海斗に戻り、古都を指差しからかってきた。

「腹が立つけど、そういうあなたのほうが落ち着くわ」

「君はMだろ？」

「調子に乗ると怒るわよ」

「僕も、じゃじゃ馬の君のほうが落ち着くよ」

海斗が、前歯を剝き出しにして笑った。

「じゃじゃ馬だなんて、あなたも昭和世代みたいな言葉を使っているじゃない」

今度は、古都が海斗を指差しからかった。

「ほら、私の言った通りでしょう？」

桜が、漫才のようなやり取りをする古都と海斗を微笑ましく眺めながら言った。

「なにが？」

怪訝な顔で訊ねる海斗。

「小野寺さんには言ったんだけど、二人は……」

「あーなんでもない！」

古都は大声で桜の言葉を遮った。

「なんだよ？　急に、大声を出して？」

海斗が、怪訝な顔を向けた。

「ううん、なんでもない。それより、よろしくお願いします！」

話をごまかすように古都は立ち上がり、頭を下げた。

「罵倒したり急に礼儀正しくなったり、変な奴だな」

「それは、お互い様でしょ。改めて、よろしくね」

古都は、右手を差し出した。

「ああ、今度は放り出すなよ」

海斗が言いながら立ち上がり、古都の右手を握った。

桜が、二人を嬉しそうにみつめていた。

温かい手だ……古都は、ふと、そんなことを思った。

7

R&BのシンガーＡＢＲＡの幻想的な歌声に乗せて、ハイブランドで華やかに着飾ったフランス、アメリカ、イギリス、イタリア、ロシアのモデル達が、次々とランウェイを彩った。

記念すべき第一回「スイスコレクションinチューリヒ」には、各国を代表するスーパーモデルが集結していた。

会場の最前列に設けられた取材エリアで、カメラマンに交じって古都は胸を高鳴らせていた。

曲がチェロで奏でるスローテンポなものに変わり、天を舞うようなソプラノの歌声が場内に響き渡った。

背後のフロントロウと呼ばれるＶＩＰ席には、有名デザイナーやハリウッドスターなどの世界的セレブがずらりと顔を並べていた。

女性モデルの次に、男性モデルの登場となる。

海斗は、十五番目の登場予定となっていた。

――緊張してる？

ＩＤカードを首からぶら下げた取材陣やスタッフで溢れ返るバックステージの通路で海斗は、しきりに屈伸運動や深呼吸を繰り返していた。

いつもの自信に満ちた海斗とは打って変わった、硬い表情が珍しかった。

出番まで二時間近くあり、海斗はまだスキニーデニムにTシャツという出で立ちだった。
一時間前になるとモデルは通路奥の更衣室で衣装に着替え、待機スペースに移動する。
古都達取材陣が立ち入ることができるのは、更衣室の手前の通路までだった。

——誰が？　この程度のショーで僕が緊張するわけないだろ？

——この程度って、スイスで初の記念すべき国際的ファッションショーなのに？

——パリやミラノでメインを張らなきゃ意味がないさ。

——そうかもしれないけど、このショーのランウェイを歩くのは日本で海斗さんだけなんだから凄いことだと思うわよ。

お世辞ではなかった。

数多いるモデルの中で海斗だけが選ばれるのは、日本を代表するトップモデルの証だ。

——そりゃそうだ。僕以外に、誰が世界と勝負できるんだよ。

——やっと、あなたらしい傲慢さが戻ってきたわね。

——憎まれ口を叩いてないで、早く出て行けよ。もう、タイムリミットだぞ。

取材スタッフがバックステージにいられるのは、モデルが衣装に着替える出番一時間前までとなっていた。

——これ、あげる。

古都は、高さ十センチほどのモミの木に雪が降るスノードームを差し出した。

——え？　なんでいまスノードーム？

海斗が、怪訝そうな顔を向けた。

——なごり雪に願い事をすれば叶うって、小学生の頃に読んだ本に書いてあったの。

タイトルは忘れてしまったが、街の本屋で出会った小説だった。

分厚い純愛小説で、当時、十歳だった古都には難しい内容だったが表紙に描かれていた犬のイラストが気に入り、母に頼んで買って貰ったのだ。

わからない漢字を辞書で引きながら、最後まで読むのに二ヵ月以上かかった記憶がある。

——ロマンチックな話だけど、それがスノードームとなんの関係があるんだ？

——いまは何月？

——三月に決まってるだろ。

——そう、いま雪が降ってくれたらなごり雪になるんだけど、そう都合よくいかないから、スノードームに願いをかければいいわ。ショーがうまくいきますように、って。勘違いしないで。あなたのためじゃなくて、取材を成功させて編集長を喜ばせたいから。

古都は、わざと素っ気なく言った。

——おまじないなんてしなくても、僕がしくじるわけないだろう？　ま、でも、せっかくだから貰っておいてやるよ。

海斗も、素っ気なくスノードームを受け取った。

——素直に受け取ればいいのに。

——君こそ、素直に渡せばいいのに。

バラードから一転したアップテンポのクラブミュージックが、記憶の中の海斗の声を掻き消した。

ファーストルック……ランウェイを、百九十センチはありそうな白人男性モデルが颯爽と歩いてきた。

顔にまだあどけなさの残るモデルは、資料によれば米国籍の十九歳となっていた。

トップバッターに新人の若いモデルを起用して顔を売る手法は、最近のファッションショーのトレンドだ。

三メートル間隔で、二人目、三人目、四人目、五人目と白人モデルが続いた。

海斗の登場が近づくたびに、鼓動が高鳴った。

六人目、七人目、八人目、九人目、十人目……イタリアを代表するラグジュアリーファッションブランドの、華やかな秋冬物のオートクチュールに身を包んだ白人モデルがランウェイを彩った。

プロフィールによれば、海斗の身長は百八十五センチだ。

日本人モデルとしては決して低いほうではないが、外国人モデルはみな海斗より数センチは高かった。

これまで四日間の密着取材で海斗の圧倒的スタイル……顔の小ささや手足の長さに驚愕したが、ランウェイを歩く外国人モデル達は海斗以上の異次元のスタイルだった。

海斗が見劣らないかが心配だった。

心配なのは「バーグ」で海斗の特集記事を素晴らしいものにしたいから……古都は自らに言い聞かせた。

会場に流れる曲がアップテンポなクラブミュージックから切ない歌声のスローバラードに切り替わった。

ランウェイに、十一人目、十二人目、十三人目のモデルが等間隔で登場した。

十三人目のモデルがランウェイをターンすると、十四人目のモデルの背後……海斗が、ステージ奥から姿を現した。

黒のベロア生地に雪の結晶が刺繍されたロングコート、黒革のスキニーパンツに白いファーのロングブーツ……海斗が、スローなテンポのバラードに合わせてランウェイの先端に向かってウォーキングした。

リンクの上を滑るフィギュアスケーターの姿が、ランウェイを歩く海斗に重なった。

海斗のウォーキングは優雅で、スタイリッシュで、思わず見惚れた。

表情にはいつもの傲慢さとは違う、自信が漲っていた。

降り注ぐ照明は、海斗の身体から発するオーラのようだった。

杞憂だった。

身長が低くても、海斗はどの外国人モデルよりも輝いていた。

写真を撮ることを忘れていた古都は、慌ててカメラを構えた。

無我夢中でシャッターを切った。

ファインダーの中の海斗は、肉眼で見ていたときとは違う魅力を発していた。

次第に、海斗が近づいてくる。

ランウェイの先端にきた海斗が、カメラに向かって微笑んだ。

古都のシャッターを切る指先が止まった。

不覚にも、ときめいてしまった。

無意識にカメラを構える手を下ろし、海斗の遠ざかる背中を見送る古都の鼓動は早鐘を打っていた。

その後出てきたモデルの記憶はなかった。

出番は終わったのに、古都の瞳には海斗の残像が映っていた。

「どれが本当のあなた……」

古都は、無意識に出てきた呟きを呑み込んだ。

「誰だって、こんなステージを歩けば素敵に見えるわよ」

古都は、言い聞かせるように呟き直した。

☆

ナポレオン三世スタイルのボールルーム、オペラ座を彷彿とさせる金箔で装飾された豪華絢爛な内装、赤と金で刺繍されたシルクのペルシャ絨毯……「スイスコレクション」の打ち上げが行われているチューリヒのホテルのパーティー会場は、まるで映画の世界のように煌びやかだった。

立食形式の会場には、出演モデル、スタッフ、取材陣が数百人集まっていた。

「海斗君、凄いわね」

香織が、数メートル先のテーブルで外国人プレスに囲まれ流暢なフランス語を喋っている海斗を見ながら言った。

「パリジェンヌをナンパしようと思って、必死に覚えたんじゃないんですか？」

古都は蘇りそうになる胸の高鳴りから逃れるように、海斗の女性関係の派手さを茶化しシャンパングラスを傾けた。

「馬鹿なこと言ってないで、あなたも取材しなくていいの？」

「どうせ、フランス語わからないし。それに、私といるときみたいな本音は言わないと思うし……」

口にしてから、ハッとした。

「あら？　恋仲みたいな物言いね」

香織が、ニヤニヤしながら古都をみつめた。

「や、やめてください！　あんなエゴイストでナルシストで女性蔑視のミーハー男……」

「わかった、わかった。なにムキになってるのよ。余計に怪しいわよ」

「だから、そんなわけないじゃないですかっ」

「でもさ、もし、海斗君が彼氏になったら凄くない？　日本中のどれだけの数の女子が羨むことか」

「たとえ世界中の女子が羨んでも、私は遠慮しておきます」

自分の言葉に、違和感を覚えていた。

その違和感がどこから生じているのかわかっていたが、古都は考えないようにした。

「勘違いかもよ〜」

相変わらずニヤニヤしながら、香織が言った。

「なにがですか？」

古都は、意味がわからないふりをした。

「ああ見えて、本当は物凄く誠実な男性だったらどうする？　ほら、あれ見て。外国人記者の質問に、一つ一つ丁寧に答えている横顔、軽薄な女たらしに見えないけどな」

香織の言う通り、記者の質問を真剣な表情で聞き、身振り手振りを交えて答える海斗の姿は紳士的で、軽薄な女たらしのイメージは微塵もなかった。

「それは、犬がニャーって鳴くくらいありえないですね」

古都は、肩を竦めシャンパングラスを傾けた。

「ま、この取材が終われば関係なくなる人だから、女たらしでも誠実でもどっちでもいいけどね」

興味なさそうに言うと香織はキャビアを掬（すく）ったスプーンをそのまま口に入れた。

「関係なくならないですよ」

無意識に、言葉が口を衝いて出た。

「え？　どうして？　やっぱり、彼となにか……」

「ありません！　海斗さんはトップモデルだし、ファッション誌のウチと関係がなくなることはないって意味で言ったんです！」

香織を遮り、古都は強い口調で否定した。

「はいはい、またそうやって海斗君のことになるとムキになる。あ、それより、原稿読んだけど、あの箇所はまずいわ」

思い出したように、香織が言った。

二度、三度と、スプーンで掬ったキャビアを口に運ぶ香織に気づいた周囲の女性モデル達が露骨に眉を顰めた。

「先輩、恥ずかしいからそのまま食べるのをやめてください。バゲットとかクラッカーとかに載せてくださいよ」

「バゲットとかクラッカーは小麦粉たっぷりだから、糖質が凄いの。ファッション誌の編集長がおデブさんだったら、読者の夢を壊しちゃうでしょう？　あなたも食事制限しておかないと年々代謝が落ちる一方なんだから、すぐにメタボになっちゃうわよ」

香織が、得意げな顔で諭してきた。

「マナーが悪いのも、夢を壊しちゃうと思うんだけど……」

古都は呟いた。

「聞こえてるわよ。それより、原稿のあの箇所は訂正しないと使えないわよ」

「あの箇所って？」

古都は、惚けて見せた。

——お袋が息子みたいな若いモデルと浮気して親父と僕らを捨てた話、書いてもいいぞ。

脳裏に海斗の声が蘇った。

香織が言っている訂正する箇所というのは、海斗の母親のエピソードに違いなかった。

「シラを切るんじゃないの。海斗君のお母さんが一回りも年下のモデルに熱を上げて夫と子供を捨てた記事なんて、ファッション誌に載せられるわけないでしょう?」

「私も最初はそう思いましたけど、海斗さんからありのままの自分を書いてほしいと言われて……」

正直、躊躇(ちゅうちょ)した。

記事にしようと決意したのは、海斗の一面だけを見てほしくなかったからだ。

——女は、みんなトップモデル海斗のブランドにしか興味ないんだ。モデルという肩書を外したら、僕には一円の価値もないよ。

インタビュー中の海斗の声は、どこか投げやりで寂しげだった。

幼少期の悲運を書き、同情を集めようというのではない。

いままで明かさなかった海斗のネガティヴな一面を敢えて明かすことで、人気イケメンモデルというだけではない等身大の彼を見てほしいとの狙いだった。

「だからって、母親の不倫話なんて書いて海斗君がスポンサーから悪印象を抱かれたらどうするの⁉　悪印象だけならいいけど、スポンサー契約打ち切りの事態になって『ソピア』から賠償金を請求されたら……」

香織が強張った顔で言葉を呑み込み、古都の肩越しに視線を移した。

古都は振り返った。

シャンパングラスを片手に、倉木が歩み寄ってきた。

「海斗さん、素晴らしかった……」

「編集長、これはどういうつもり？」

倉木が無表情に、香織に一枚のA４用紙を差し出した。

用紙……原稿を見た古都の顔から血の気が引いた。

「これは……」

原稿に視線を落とした香織の顔も、みるみる蒼白になった。

原稿は、海斗の母親についての記事だった。

「こんなことを書いて、あなた達、海斗を潰すつもり？」

言葉遣いこそ冷静だったが、倉木の目尻は怒りに吊り上がっていた。

「海斗さんから、貰ったんですか？」

古都は、思わず訊ねていた。

記事の内容をチェックして貰うために、原稿のコピーを海斗に渡していた。

香織の許可が下りるまでは、倉木には見せないように頼んでいたのだ。

海斗は、自分との約束を破り倉木に原稿を渡してしまったのだろうか？

「海斗の部屋のテーブルに置いてあったの。そんなことより、これはどういうことだと訊いてるのよ」

倉木が、今度は古都に詰め寄った。

「あの、その件はいま小野寺に厳しく注意していたところ……」

「そういう問題じゃないわ。私は、彼女が海斗のイメージを貶めるような記事を書いた理由を訊いてるのっ」

場を取りなそうとする香織を遮る倉木の語調が、次第に強まってきた。

「私と海斗さんの間で、今回の特集記事はありのままの海斗さんを読者のみなさんに知って頂こうということになったんです」

古都は、きっぱりと言った。

後ろ指を差されるようなことをしているつもりはなかった。

「は？　私と海斗さんの間で？　なにか勘違いしてない？　あなたはいくらでも取り替えのきくただのライターだけど、海斗には代えはいないの。自惚れるのも、いい加減にして」

「そんなつもりは……」

「もう、いいわ。編集長。今回の密着取材は、なしにして」

倉木が香織に視線を移し、冷え冷えとした声で言った。

「そんな……」

香織が表情を失い絶句した。

「当然でしょう。こんな記事が掲載されて賠償金を請求されるよりも、スイス取材の経費が無駄になった程度で済んで助かったと思いなさい」

倉木が、眉一つ動かさずに言った。

「ちょっと、待ってくださいっ。悪いのは、編集長に許可も取らずに勝手に記事にした私です！　罰として私が担当から外れますから、『バーグ』の密着取材を続行させてください！」

古都は倉木の前に歩み出て、懇願した。

「自惚れないで。あなたが担当を外れることに、価値があるとでも思っているの？　そもそも、あなたが最高の記事にするっていうから、密着取材の担当を任せてあげたのを忘れたとは言わせないわよ」

「どんな罰でも受けますっ。お願いします！　『バーグ』に密着取材を続けさせてください！」

古都は、額が膝に付くくらいに頭を下げた。

「何度謝られても、私の考えは……」

「担当を外れることはないよ」

頭上から降ってくる倉木の声に、海斗の声が重なった。

古都は、顔を上げた。

「なにを言ってるの!?　あなたは黙ってなさいっ」

険しい形相で、倉木が海斗を叱責した。

「黙らないよ。僕の密着取材を、勝手にやめたり始めたりするのはやめてくれ。それに、お袋のことはもとはと言えば僕が彼女に記事にしてくれと頼んだんだ。悪いのは僕だ」

古都は驚いて成り行きを見守った。

自分の罪を、海斗が被（かぶ）ってくれようとしている。

単なる気まぐれか？　それとも、いつもの悪ふざけか？

どちらにしても、海斗の言葉を真に受けて馬鹿を見るのはごめんだ。

「これは、会社同士の話なの。所属モデルが口を挟む問題じゃないわ」

「それが、口を挟む理由があるんだよな」

海斗が、意味深な言い回しをした。

「どんな理由よ？」

怪訝そうに倉木が眉を顰めた。

無言で歩み寄ってきた海斗が、古都の肩を抱き寄せた。

「ちょっ……」

古都は逃れようとしたが、海斗が腕に力を込めて身動きできなかった。

「僕達、つき合ってるから」

思わぬ海斗の言葉に、古都は弾かれたように彼の顔を見た。

耳を疑った。聞き違いか？　いや、冗談だ。そうに決まっている。

「海斗……あなた、なにを言い出すのよ!?　いくら冗談でも、怒るわよっ」

倉木が、血相を変えた。

古都もまったく同じ気持ち……海斗の腕を振り払い、怒鳴りつけてやりたかった。

しかし、あまりの驚きに金縛りにあったように身体が動かず声が出なかった。

「冗談じゃないさ。小野寺さんとは、つき合うことになったんだ」

話を合わせろ。

海斗が、腹話術師のように唇を動かさずに古都に囁いた。

「いい加減にしなさい。いまは、あなたの悪ふざけにつき合っている場合じゃないの」

周囲の眼を気にして、倉木が押し殺した声で言った。

だが、彼女の瞳は動揺と激憤がない交ぜになっていた。

「だから、冗談じゃないって」

海斗が、涼しい顔で言った。

古都の頭の中はパニックになり、思考の糸が絡み合っていた。

「古都……どういうことなの？」

香織が、恐る恐る訊ねてきた。

「すみません……」

古都は、うなだれて見せた。

罪の意識に胸が痛んだが、いまは海斗に従うのがよさそうだと直感した。

「そういうことだから、彼女を担当から外すことはできない」

海斗が、倉木に断言した。

「たとえそうだとしても、公私混同は……」

「どうしても小野寺さんを外すなら、僕もモデルを辞めるから」

「なっ……」

倉木が絶句した。

香織の顔も、動転に強張っていた。

「あなた……それ、本気で言ってるの？」

我を取り戻した倉木が、海斗に訊ねた。

「ああ、本気さ。っていうことで、この話は終わり。これから、小野寺さんとデートしてくるから先に抜けるね」

一方的に言うと、海斗が古都の肩を抱いたまま出口に向かった。

「デートって……待ちなさい！　主役が抜けてどうするの!?」

背後から、倉木の声が追ってきた。

「主役なんてほかにもうじゃうじゃいるから、一人くらい抜けてもわからないよ！」

背後を振り返りウインクした海斗は、古都の手を引き打ち上げ会場を飛び出した。

☆

バーンホフシュトラッセの夜景が、視界の端を流れてゆく。

打ち上げ会場のホテルを出てから、古都は海斗に手を引かれるまま百メートル以上走っていた。

「このへんで、大丈夫だろう」

海斗が、突然、足を止めた。

古都は両膝に手を置き、荒い呼吸を吐いた。

鼓動が早鐘を打っているのは、走ったことばかりが理由ではなかった。

「やっぱり、聖母聖堂（フラウミュンスター）はここからのアングルが最高だな」

海斗が、エメラルドグリーンの尖塔屋根の時計台を眺めながら言った。

「ねえ？　さっきの、どういうつもり？」

古都は、海斗の隣に並び立ち訊ねた。

「さっきのって？」

海斗が、フラウミュンスターに視線を向けたまま質問を返した。

「だから……その、ほら、いきなり私の肩を抱いたことよ」

「ああ、あれね。君を庇うためだよ」

「あ、そう……」

心のどこかで、落胆している自分に気づき古都は慌てて否定した。

「一応、お礼を言うべきよね。ありがとう」

「いや、僕のミスで原稿を見られちゃったわけだから、君に礼を言われる立場じゃない」

「それにしても、あんなこと言ってこの先どうするつもり？」

古都は、一番気になっていることを口にした。

「なんのこと？」

海斗が惚けているのか本当にわからないのかの判別がつかなかった。

「ほら、あれよ、あれ」

古都は言い淀んだ。

「あれじゃわからないだろ？」

対岸に視線を向けたまま、海斗が言った。

「だから、その……つき合うとかなんとかって言っていたじゃない」

言葉にするだけで、頬が火照った。

「ああ、それね」

「ああ、それねって……そんな嘘、すぐにバレるわよ？」

「ああ、そういうこと」

「もう、真面目に……」

「嘘を本当にすればいい」

海斗の言葉が、古都の言葉の続きを奪った。

「それはどういう……」

「僕と君がつき合えば、嘘を吐いたことにならないだろ？」

フラウミュンスターを眺める海斗の横顔からは、どういうつもりで言っているのか読み取れなかった。

「ふ、ふざけないでよ！　嘘を吐き通すためにつき合うなんて、そんな不純な動機で……」

「初めて好きになった女性だ」

海斗が振り返り、古都をみつめた。

「えっ……」

思考が止まった——時間が止まった。

「小野寺さん、君のことだよ」

海斗の柔らかな眼差しが、古都を包み込んだ……誠実な眼差しが、胸を貫いた。

五秒、十秒……二人は無言でみつめ合った。

十秒、二十秒……沈黙は続いた。

頬に、冷たいものが触れた。

古都は、天を仰いだ。

夜空からふらふらと舞い落ちてくるたんぽぽの綿毛……いや、雪だ。

季節外れの雪……なごり雪。

「君が嫌ならもちろん断っても……」

古都は、海斗の言葉を遮るようにその場を離れた——四、五メートル離れ、フラウミュンスターを眺めた。

きつく、眼を閉じた。

一分、二分……古都は無言で眼を閉じていた。

ありえないこと。

わかっていた。

「ごめん。それはそうだよな」

海斗の声が近づいてきた。

古都はゆっくりと眼を開け、ふたたびフラウミュンスターを眺めた。

「ちょっと、自己中心的だったかな。とりあえず、いまの言葉を忘れて……」

「お願いします」

古都は海斗に向き直り、頭を下げた。

ありえなくても、自分が海斗の告白を受け入れることを……。

心のどこかで、惹かれている自分がいることをわかっていた。

でもそれは、海斗のビジュアルや華やかな職業にではなかった。

古都は、海斗の中に潜むもう一人の彼の存在を感じていた。

そして、その彼が本当の海斗だということを……。

古都は、頭を上げて海斗をみつめた。

「ありがとう」

海斗の瞳が、ふっと優しくなった。

「遭遇したことのない変な女だから、つき合ってやるよ」

一転して憎まれ口を叩く海斗だったが、眼差しは優しいままだった。

「あなたみたいな天邪鬼（あまのじゃく）も誰も相手にしてくれないから、私がつき合ってあげるわ」

すかさず古都は憎まれ口を返した。

束の間みつめ合っていた二人は同時に笑い、そして、申し合わせたようになごり雪が舞うチューリヒの夜空を見上げた。


五十年後も、この人の隣にいられますように……。

8

古都は、なごり雪に願った。

「あの、海斗さんですよね？」

有楽町の映画館と同じ建物に入るカフェの出入口で、遠巻きに古都達の席を見ていた大学生と思しき年代の女性二人が歩み寄り、訊ねてきた。

海斗は、キャップもサングラスもせずに堂々としているので、モデル業界に詳しい女子からはすぐに気づかれた。

だが、活動の場は主にファッション誌やステージで、バラエティ番組やドラマなどの芸能界に進出するモデルとは一線を引いているので、人気の割に顔が広まっていない。

「違うよ」

海斗は、涼しい顔で否定した。

「え……嘘……海斗さんじゃないんですか？」

女性達が、狐に摘まれたような顔で海斗を見た。

「ああ。人違いだ」

「でも、そっくりなんですけど……本当に、違うんですか？」

女性のうちの一人が、未練がましく食い下がった。

「似てても、人違いは人違いだ。わかったら、あっちに行ってくれ」

海斗が、素っ気ない口調で突き放した。

「なんだ、違うんだって」

「感じ悪いね」

ひそひそ話をしていた女性達を海斗が睨みつけると、逃げるように立ち去った。

「相変わらず、冷たいわね。あんなひどい言いかたしなくても、いいじゃない」

古都は、呆れたように言った。

だが、言葉ほど呆れてはいなかった。

むしろ、昔と変わらない海斗に安心している自分がいた。

冷たい海斗が好きなわけではない。

器用に見えてじつは不器用で、媚びることができないところが好きだった。

本音のまま生きている、という点で自分と海斗は似た者同士だった。


——お願いします。


一年前、海斗の告白に応えたあのときの自分の直感に狂いはなかった。

「いいんだよ。あれが本性だから。それより、やっぱりハリウッドはスケールが違うよな」

海斗が、思い出したように言うとブラックのアイスコーヒーをストローで吸い上げた。

「そうそう、空港であんな爆破の撮影とか日本じゃ考えられないよね！」

古都は、興奮気味に言った。

「なんだか、不思議議です」

桜が、ロイヤルコペンハーゲンのティーカップを口もとに運ぶ手を止め、古都と海斗の顔をしげしげとみつめた。

三人で話題になったハリウッド映画を有楽町で観たあとに建物内のカフェに入った。

海斗とは共通の趣味である映画を観に行き、あれやこれやと感想をカフェ談義するのがお決まりの流れになっていたが、桜と三人で行ったのは初めてだった。

桜が好きな俳優が主演の映画だったので、古都が誘おうと提案したのだ。

「なにが？」

古都はストローでアイスティーの氷をかき混ぜながら訊ね返した。

「三人で映画を観ることです」

「なんで？」

「ああ、本当にカップルになったんだな、と思って」

桜が、遠慮がちにクスリと笑った。

「なにそれ〜。桜ちゃんが、私達はフィーリングが合うしお似合いだって言ってたんじゃない」

古都は、桜を軽く睨みつけた。

「あ、お似合いじゃないとかじゃないですよ。お兄ちゃんが彼女を作ったことが意外で……」

「なんだよ。僕を変人みたいに言うなよ」

海斗が苦笑いし、アイスコーヒーについてきたチョコレートを桜の前に置いた。

海斗は二ヵ月後……五月に国立代々木競技場で開催される「ファッションアウォード2017秋冬プレタポルテ」に出演が決まっており、糖質制限中だった。

普段から炭水化物はあまり摂取せず、平均的一般男性が一日三百三十グラムのところを百グラム程度に抑えていた。

ショーまでの期間が二ヵ月を切ると半分の五十グラムほどの摂取量になる。

なので、スイーツ断ちはもちろんのこと白米の代わりに玄米やキャベツを摂っていた。

海斗の話によれば、一本に角砂糖四個から十個ほど入っている加糖の缶やペットボトルのコーヒーやジュースを、もう十年近く飲んでいないらしい。

とくに五月の「ファッションアウォード」は日本最大規模のファッションショーであり、しかも海斗は、初のラストルックを務めることが内定しているので気合が入っていた。

ラストルックとは歌手のステージで言えばいわゆる大トリで、ファッションショーの看板の立場のモデルが指名されることが多い。

「だって、私以外の女の人は信用できないって蔑視していたでしょう?」

桜がチョコレートを上品に齧りつつ言った。

「なんだ、お前、古都に妬いてるのか?」

海斗が、からかい口調で言った。

「桜ちゃんが、そんな度量の狭い女の子のわけないでしょう?」

「だよな。古都ならまだしも」

「なによ、それじゃ私が度量が狭いみたいじゃない？」

古都は、海斗の肩を強めに叩いた。

「痛ってえな。ショーを控えた大事な身体なんだから……」

「ううん、妬いてます」

桜が、海斗の言葉を遮るように会話に割って入ってきた。

「え⁉　嘘でしょう⁉　桜ちゃんが私にやきもちを妬くなんて、信じられない！」

古都は、思わず大声を上げた。

お世辞ではなく、本音だった。

桜はおしとやかで、美人で、心優しく、思慮深く……女性として自分は、すべての面で負けていた。

「嘘じゃありませんよ。古都さんはとてもきれいで、年下なのに失礼かもしれませんがかわいらしくて、なにより、性格がよくて……」

「ちょ、ちょっとやめてよ。きれいでもかわいくもないけど、性格がよくてっていうのはないないないない」

古都は、顔前で激しく手を振った。

「そうそう、ないないない」

海斗が、古都の真似をして顔前で手を振った。

「あなたが言わないでよ！」

古都はふたたび、海斗の肩を掌で叩いた。

「痛っ……だから、大事な身体だって言ってるだろ？」

海斗が顔を顰めて抗議した。

「私が妬いているのは、そういうところなんです」

桜が、羨ましそうに言った。

「え？」

古都は、首を傾げた。

惚けているのではなく、本当に桜の嫉妬の理由がわからなかった。

「お兄ちゃんが、女の人とそんなに無邪気にじゃれ合っているのって記憶にないです。私にだって、見せない顔だから」

「馬鹿。なにそんなことで妬いてるんだよ。僕がお前を大切に思っているのは、わかってるだろう？」

海斗が、桜の額を指で突いた。

「でも、嬉しいわ。桜ちゃんみたいなできた女性からやっかまれるなんて。まあ、海斗が私にぞっこんなのは事実だけどね～」

古都は、にやにやしながら海斗を見た。

「調子に乗るな。僕は、ぞっこんになられるのには慣れているけど、女にぞっこんになったことはない」

「あら、初めて好きになった女性だ、小野寺さん、君のことだよ……な−んて言った人、誰だっけ？」

古都は一年前……三月のチューリヒでの海斗の告白のセリフを真似た。

「え？　お兄ちゃん、そんなこと言ったの？」

桜が、驚きに眼を丸くした。

「ば、馬鹿……いきなり、なに言いだすんだ」

海斗が耳朶まで赤く染め、しどろもどろに言った。

「わかりやすい人ね〜。感情がすぐに顔に出る」

古都は、呆れたように言った。

心では、まったく逆だった。

そんな海斗だからこそ、心惹かれたのだ。

「ご馳走様です。じゃあ、お邪魔な私は消えますすね」

冗談めかして言いながら、桜は腰を上げた。

「ちょっと、そんな気を遣わないでよ」

古都は、桜の腕を摑んだ。

「気なんて遣っていません。友人と買い物の約束をしてるので、これから待ち合わせ場所に行くんです」

「あ、そうなんだ」

古都は、あっさりと桜の腕から手を離した。

「なんだそれ？　友達と約束してるなんて、初めて聞いたぞ。まさか、男じゃないだろうな？」

海斗が、真顔で訊ねた。

「ボーイフレンドだったら、いけないの？」

桜は、笑いを嚙み殺しつつ訊ね返した。

「なにがボーイフレンドだっ。お兄ちゃんが、いつも言ってるだろう？　男女の間に友情関係は成立しない、口でうまいこと言っても目当てはお前の身体だって！」

海斗が気色ばみ、立ち上がった。

「もう、いつの時代の人よ。それに、男女間の友情関係だって人によっては成立するわよ。男の人がすべて、昔の自分と同じだと思わないようにね～」

捲し立てる海斗を、古都は茶化すような口調で窘めた。

「男は、みな同じだ。僕なんて、ましなほうさ。とにかく、男はちょっかい出すことしか……」

「女の子よ。安心して」

桜が、笑いながら海斗を遮った。

「なんだ、お前、からかってたのか？」

海斗が、桜を軽く睨みつけた。

「私は、ボーイフレンドじゃだめなの？　って、訊いただけよ。早合点したのは、お兄ちゃんじゃない」

「早合点はないだろう？　大事な妹に、悪い虫がつかないように心配しているんじゃないか」

「まったく、いつまでも妹離れできないんだから」

言葉とは裏腹に、桜は嬉しそうだった。

「あたりまえだ。僕はお前の父親代わりでもあるんだからな」

海斗の父親は、五年前に心筋梗塞で他界している。

「はいはい、パパの言うことを聞いて男の人には気をつけます」

「パパなんて、誤解されるから言うな」

「はい、パパ。じゃあ、遅れちゃうから」

桜は悪戯っ子のように舌を出し、カフェを出た。

「まったく。いつまで経っても子供なんだから」

海斗は苦笑いしながら、席に腰を戻した。

「嬉しいくせに」

古都は、ふたたび茶々を入れた。

「これから、あいつが嫁入りするまでしっかり見届けてあげないとな」

海斗が、窓の外……横断歩道を渡ろうと待っている桜の背中を、眼を細めてみつめた。

「人って、みかけによらないわねぇ」

「なにが？」

海斗は、窓の外に視線を向けたまま訊ねた。

「男尊女卑の軽薄男だと思ったまま、危うく騙されるとこだったわ。こんなに、フェミニストだったなんてね」

茶化しているわけではなかった。

心から、よかったと思っている。

海斗という男の優しさを知らないまま、別れたりせずに……。

「おいおい、やめてくれ。フェミニストなんて……」

振り返った海斗の視線が、テーブルの上のスマートフォンで留まった。

「あいつ、おっちょこちょいだな。ちょっと、渡してくるから待ってて」

海斗は言い終わらないうちに立ち上がり、カフェを出た。

桜は横断歩道を渡り切り、歩行者用の青信号が明滅した。

物凄い勢いで走る海斗の姿が、古都の視界に現れた。

歩行者用の信号は既に赤になり、車やバイクが動き出した。

海斗は構わず、横断歩道に飛び出した。

「危ないからだめよ！」

古都は、思わず声に出していた。

けたたましいクラクション、急ブレーキによるスリップ音、重々しい衝撃音――海斗が乗用車に撥ねられ、激しくアスファルトに叩きつけられた。

「海斗……」

古都は、カフェを飛び出した。

通りに出ると、クラクションの嵐と通行人の悲鳴が鼓膜に突き刺さった。

「海斗！」

横断歩道で仰向けになり倒れている海斗に、古都は駆け寄った。

右手には、桜のスマートフォンがしっかりと握られていた。

「海斗っ、大丈夫⁉　海斗！　海斗！」

涙声で、古都は海斗の名前を連呼した。

見たところ、出血はなかった。

上下する胸に、古都は微かに安堵した。

「お兄ちゃん！　お兄ちゃん！」

蒼白な顔で、桜が海斗に取りついた。

「私に届けようとして……」

海斗の右手に握られたスマートフォンに気づいた桜が絶句した。

「いま、救急車を呼ぶから頑張って！」

古都は気息奄々の平常心で海斗に呼びかけると、震える手でスマートフォンを取り出した。

桜の手前、古都が取り乱せば彼女を余計にパニックにさせてしまう。

ただでさえ彼女は、自分のせいで兄が事故にあったと責めることだろう。

「私のせいで……私のせいで……お兄ちゃんっ、お兄ちゃん！」

取り乱す桜を横目に、古都は１１９をタップした。

☆

白のベンチソファ、テーブルを挟んで二脚の椅子……「家族待機室」の約五坪の空間に流れるリラクゼーションミュージックに、桜の嗚咽が重なった。

虎ノ門の総合病院に海斗が搬送され、オペが始まって三時間が過ぎた。

海斗の母親は友人とヨーロッパ旅行の最中なので、桜が電話で事故のことを伝えた。

海斗が幼い頃、年下のモデルと不倫して家を飛び出した母親から半年前に連絡があり、いまでは親子三人で暮らしているらしい。

年下男性とはとっくの昔に別れていて、来る日も来る日も家族を捨てた自責の念に駆られていたという。

――お袋だって人間だ。過ちの一つや二つ、許してやろうじゃないか。

桜は許せなかったそうだが、海斗の説得で母親を受け入れることにしたという。

──お母さんのせいで女性不信になったんじゃなかったっけ？　よく、許せたね。

海斗から母親との和解を聞かされた古都は率直な疑問を口にした。

──いまでも、わだかまりはあるよ。だけど、古都と出会ったことでいつまでも女性不信だとかなんだとか言ってられないと思ったんだ。僕も、生まれ変わらなきゃってさ。

そのときの海斗の言葉を聞いた古都は、この人でよかったと心底思った。

桜から連絡を受けた海斗の母親は激しく動揺し、残りの予定をキャンセルしてすぐに帰国すると言い残し電話を切ったという。

「どうしよう……お兄ちゃんにもしものことがあったら……」

古都の隣で自責の念に苛まれる桜が、皮膚に爪が食い込むほど強く重ね合わせた両手を額に当てた。

「桜ちゃんのせいじゃないから、自分を責めないで」

古都は、嗚咽に震える桜の肩に手を置き慰めた。

「いいえっ、私のせいです！　私がスマホを忘れなければ……こんなことには……」

桜の声が嗚咽に呑み込まれた。

「わざと忘れたわけじゃないんだし、海斗だってあなたのせいだなんて思ってないから」

そういう古都も、ギリギリの精神状態だった。

桜を不安にさせないようにしなければ……という思いだけが、古都に理性を保たせていた。

本当は、いますぐにでも手術室に乗り込み海斗の安否をたしかめたかった。

「でも、お兄ちゃんが私にスマホを届けようとして車に撥ねられたのは事実です！　私が、私がお兄ちゃんを……」

「たとえそうだとしても、海斗はすぐに元気になるから。そしたら、気が済むまで自分を責めて、気が済むまで海斗に謝ればいいじゃない。そしたら、きっと海斗はこう言うよ。信号無視したらこうなるんだぞ……って」

古都は、強張りそうな頬の筋肉を従わせ微笑んで見せた。

気を抜けば、泣き出してしまいそうだった。

「ありがとう……ございます。すみません。動転しているのは古都さんだって同じなのに、私ばかり取り乱して……」

桜が、泣き腫らした瞼にハンカチを押し当てながら詫びた。

「ううん。お互い様よ。私だって、桜ちゃんがいてくれるからこうして落ち着いていられるの。海斗を信じて、待ちましょう。図太い性格してるから、こんな事故に負けるはずないわ。いまだって、手術のライトをスポットライトだと勘違いしてるわよ、きっと」

古都は、冗談めかして言いながら桜の手を握った。

「そうですね。お兄ちゃんは、昔から運の強い人ですから」

「そうそう。海斗のエネルギーに私達二人のエネルギーを送れば、鬼に金棒だから。トイレに行ってくるね」

古都は桜に言い残し、「家族待機室」を出た。

後ろ手でドアを閉め、背中を預け眼を閉じた。


——お兄ちゃん！　聞こえる!?　桜よ！

——海斗！　しっかりして！　もうすぐ病院に着くからね！


搬送する救急車の車内で、海斗は古都と桜の呼びかけに無反応だった。

このまま意識が戻らなかったら……海斗の身になにかあったら……。

病院までの二十分、古都の脳内に様々な不安が飛び交った。

自責の念に苛まれているのは、桜ばかりではなかった。

慌てて飛び出す海斗に注意を促せば……海斗の代わりに自分がスマートフォンを届けていれば……。

次々と聞こえる良心の呵責の声に、古都は押し潰されてしまいそうだった。

神様、お願いします。海斗を助けてください。

海斗が助かるなら、私が病気になっても構いません。


古都は、心で祈りの言葉を繰り返した。

9

重苦しい沈黙に支配された室内に、壁掛け時計の針が時を刻む音が響き渡った。

午後十一時十分……海斗が手術室に入って七時間が過ぎていた。

古都と桜は、重ね合わせた掌に額を当てたままの姿勢でベンチソファに並んで座っていた。

こんなに長い手術になるということは、海斗の命が危ういのか？

危惧と懸念が、競うように古都の鼓動を高鳴らせた。

古都は居ても立ってもいられずに腰を上げ、ドアに向かった。

ノブに手をかけようとしたときに、ドアが開いた。

汗で黒くシミの広がったオペ衣姿の医師が、「家族待機室」に入ってきた。

「海斗は大丈夫ですか!?」

すかさず古都は、医師に訊ねた。

弾かれたように立ち上がった桜が、古都の隣に並んだ。

「手術は、無事に成功しました」

医師の言葉に、強張っていた全身の筋肉が弛緩した。

「先生っ、ありがとうございます！」

古都は、額が膝に着くほどに頭を下げた。

「よかったです……ありがとう……ございます……ありがとうございます……」

桜が泣きじゃくりながら、医師に礼を繰り返した。

「今後のことでお話ししたいことがありますので、お座りください」

医師が古都と桜をベンチソファに促した。

二人の対面に座った医師は、テーブルの上に背骨のような絵がプリントされた用紙を置いた。

「手術は成功し一命は取り留めました。ですが、葉山さんはアスファルトに叩きつけられた際に下部胸椎と腰椎の間のあたりの脊髄を損傷しており、みぞおちから下の感覚が麻痺しています」

脊髄の絵に赤ペンで印をつけつつ、医師が説明を始めた。

「えっ……」

「麻痺⁉」

古都と桜は、同時に声を発した。

医師が、静かに頷いた。

「でも、治るんですよね⁉」

古都は、縋るような瞳で医師をみつめた。

「残念ながら葉山さんは完全型の脊髄損傷なので、麻痺が治癒することはありません」

医師が冷静な声音で告げた。

「そんな……お兄ちゃんは、一生、車椅子の生活っていうことなんですか⁉」

桜が涙声で訊ねた。

ふたたび、医師が頷いた。

「嘘っ……お兄ちゃんが……一生……歩けないなんて……」

桜が、嗚咽交じりに言葉を絞り出した。

「なにか方法はないんですか⁉　リハビリをすれば、また、歩けるようになりますよね⁉」

古都は、藁にも縋る思いで訊ねた。

「脊髄の一部が損傷するだけの不完全型であれば、一部機能が残存している脊髄がリハビリによって刺激を受けて回復する見込みがあります。しかし、先ほども申し上げましたが、葉山さんの場合は完全型の損傷で、脊髄が完全に横断されているので下半身の麻痺が回復することはありえません」

医師の言葉が、鼓膜からフェードアウトした。

海斗の下半身は一生麻痺……。

当然、モデルの仕事は続けられなくなる。

夢だ……これは、悪い夢に決まっている。

「お願いしますっ、お兄ちゃんを助けてください！」

桜がテーブルの上に額をつけ、医師に懇願した。

「頭を上げてください」

医師が言うと、桜が涙に塗(まみ)れた顔を上げた。

「お気持ちはわかりますが、現実を受け止め前に進まねばなりません。これから、葉山さんには精神的意味でも肉体的意味でもご家族の支えが必要になります。ご家族にもまた、覚悟が必要となります」

「覚悟？」

古都は鸚鵡返しに訊ねた。

「はい。いまから、完全型脊髄損傷となった患者さんの症状をご説明します。葉山さんのみぞおちから下の感覚は麻痺していますが、受傷部位の脊髄には疼痛を感じることが多いです。ほかにも、足はまっすぐ伸ばしているのに曲げていると感じたり、幻覚として痛みや痒(かゆ)みを感じたりする、通称ファントムペインと呼ばれる幻覚症状に襲われる場合が多々あります」

「ファントムペイン？」

古都は、聞きなれない医学用語を口にした。

「または幻肢痛とも言われています。ようするに、下半身が麻痺する前の感覚を記憶している脳が、患者に錯覚を起こさせているのです」

古都には、医師の言葉がテレビドラマか映画の役者のセリフのように聞こえた。

「ほかに注意すべきことは、自律神経が損なわれる影響で代謝が不活発になり、麻痺している箇所を怪我した場合に傷の治りが遅くなります。また、汗をかいたり鳥肌を立てたりという自律神経の調節も機能しなくなるので、体温調節が難しくなります」

「ちょっと、待ってください……いま、録音しますから」

我を取り戻した古都は、スマートフォンを手にした。

「あ、その必要はありません。後ほど、完全型脊髄損傷についてのガイドブックをお渡ししますので。では、続けます。最も気をつけなければならないのは、合併症です。いまから、二大合併症と言われる褥瘡と尿路感染症についてご説明します。褥瘡とは、床ずれのことです。長時間に亘り同じ体勢で座っていたり横になったりしていますので、接触面の血流が滞り皮膚が壊死してしまいます」

「壊死……」

衝撃的なワードに、古都は思わず呟いた。

「健常者は寝返りを打ち体位を変えることで血流障害を防ぎますが、脊髄損傷の患者さんには容易ではありません。加えて、感覚を失っているので接触面の皮膚が炎症を起こしていることが知覚できません。軽度な壊死なら皮膚だけで済みますが、進行すると真皮や脂肪層まで腐食します。そうなりますと、皮膚再生能力が著しく低下しているので長期入院が必要となります。発症部位としては、仙骨、くるぶし、背中の順に多いです。壊死を防ぐには、定期的に接触面をずらさなければいけないのですが、下半身麻痺の患者さんには容易ではありません。なので、介護者の協力が必要になります」

古都は息を呑んだ。

桜は、泣き腫らした顔で医師の話を聞いていた。

神妙にというよりも、放心状態といった感じだった。

無理もない。

古都もいまだに、目の前で医師が語っていることが現実とは思えなかった。

「もう一つの合併症の尿路感染症は、尿道から細菌が侵入することで引き起こされる様々な障害です。脊損者は自力で排尿できないのでカテーテルを使って導尿を行いますが、雑菌が膀胱（ぼうこう）や尿道に入り炎症や敗血症の原因になることがあります。敗血症は生命を脅かす危険があるので、衛生面で十分に注意が必要となります」

「あの……海斗は本当に、治る見込みはないのでしょうか？　可能性が一パーセントでもあるかぎり、希望を失いたくないんです」

一パーセント……闇に射すかもしれない一筋の光を、古都は諦めたくなかった。

「ご期待に応（こた）えたいのは山々なのですが、葉山さんの脊髄麻痺が回復する可能性は一パーセントもありません」

医師が、きっぱりと断言した。

桜が掌で顔を覆い、ふたたび泣き始めた。

「おつらいでしょうが、葉山さんが生涯車椅子生活を送るという現実を受け入れてください。壊死を防ぐための日に十数回の全身皮膚チェック、体位変換、そして、なにより大変なのが入浴と排泄(はいせつ)です。葉山さんの介護は、ご家族の方がなさる予定ですか？」

医師が、桜に視線を移した。

「もちろんです」

嗚咽交じりながら、桜は即答した。

「脊損者の在宅介護は、想像しているより遥かに大変なことです。いまは、専門の介護ヘルパーも充実しています。もし、お任せくだされば当院で提携しているデイサービスのスタッフをご紹介致します」

「お兄ちゃんを、人任せになんてできませんっ」

「ですが、葉山さんのご家族はお母様と妹さんだけでしたよね？　成人男性の介護は大変なのでは……」

「私が介護します！」

医師の言葉を、桜が毅然(きぜん)と遮った。

「わかりました。では、排泄に関するご説明をします。葉山さんは上肢機能が正常な胸髄、腰髄損傷なので、人工肛門も尿袋設置の手術も必要ありません。まずは排尿ですが、感染症の危険性がある留置カテーテルでの導尿よりも、現在は間欠導尿を推奨しています」

「間欠導尿？」

聞きなれない言葉を、古都と桜が揃って口にした。

「はい。一定の時間ごとに細いカテーテルを患者本人、もしくは介護者が尿道に挿入し、膀胱に溜まった尿を排出する方法です。尿が溜まって膀胱炎になったり失禁したりしないように、三、四時間ごとを目安にしてください。個人差はありますが、一日六回から八回の間欠導尿が目安です。就寝中に関しては、六時間ごとでも構いません」

「寝ているところを起こすんですか？」

古都は素朴な疑問を口にした。

睡眠を妨げるのは、健康上よくないのではないかと思ったからだ。

「もちろんです。健常者と違い脊損者は排尿をコントロールできないので、就寝中は失禁する恐れがあります。そのままの状態で何時間も放置すると、陰部周辺の皮膚がアンモニアで爛れたり尿路感染症になったりする可能性があります。当然、脊損者だけでなく、介護者も夜中に起きての介助となります」

甘かった。

古都は、自らの浅はかな質問に恥ずかしくなった。

「排便に関しましては、さらに専門的な知識と技術が必要とされます。脊損者の場合、腹圧をかけることができないため……つまり、いきむという行為ができないため、人為的に便意をコントロールしなければなりません。定期的に排便を促さなければ、便失禁をする恐れがあります。人前で便失禁した場合の精神的苦痛だけでなく、介護者がいない状況では速やかに肛門部周辺を洗浄できないために感染症になる危険性が高くなります」

「便意をコントロールするって、どうすればいいんですか?」

桜が、それまでとは一転したしっかりした口調で訊ねた。

「代表的なのは食物繊維を中心とした食事療法や腹部マッサージですが、それでスムーズに排便とならない場合があります。いや、ならない場合のほうが多いですね。そういう場合は、腸内に溜まった便を人工的に排泄させる作業が必要となります」

「腸内に溜まった便を人工的に排泄させる……ですか?」

古都はイメージが湧かずに医師の説明を繰り返した。

「はい。人差し指で便を掻き出すことを摘便と言います」

「え⁉ うんちを指で掻き出すんですか⁉」

思わず、古都は素頓狂な声を上げた。

「ただ、掻き出すだけではありません。摘便には、下剤や浣腸(かんちょう)を併用するのが一般的です。指だけでは、どうしても便が腸内に残ってしまいます。なので、下剤や浣腸で軟便にしてから摘便を行うのです。ただし、ここでも注意が必要です。個人の体質によって適量を間違えないようにしなければ、便が柔らかくなり過ぎたり下痢になったりします。

不衛生でもありますし、痔の原因にもなります。なにより、便失禁のリスクが高まります。かといって、硬過ぎるのも便秘に繋がるので要注意です。硬便が腸壁を傷つけ粘膜損傷になった箇所から、細菌が感染したら大変なことになりますからね。一つ質問してもいいですか？」

唐突に、医師が言った。

「あ……はい、なんですか？」

古都は頷いた。

「脊損者のトイレにかかる、平均的所要時間はどのくらいだと思いますか？」

「え……十分とかですか？」

「個人差はありますが、三十分というのが一番多い回答でした。もちろん、十五分という方もいますが、逆に一時間以上という方も珍しくありません」

「そんなに!?」

古都の大声が、室内に響き渡った。

「ええ。排尿はもちろんのこと、排便も日に一度と決まっているわけではありません。脊損者の平均的な排泄行為にかかる時間は一日に三時間とも四時間とも言われています。これにくわえて、入浴にもかなりの時間と体力が必要です。ほかには、食事の介護も重労働です。脊損者は内臓機能も低下しているので、誤嚥や消化不良を……」

「ちょっと、待ってください！」

それまで黙って聞いていた桜が、医師の言葉を遮った。

「さっきから、どうして大変なことばかり言うんですか⁉　どうして、前向きなことを言ってくれないんですか⁉」

桜が、悲痛な顔で訴えた。

「前向きになるためには、まずは脊損者の介護が大変であるということを知らなければなりません。逆を言えば、介護者が大変さを知らなければ脊損者に前向きな生活などありえません」

医師が、桜とは対照的に淡々とした口調で言った。

「私が、介護を甘く見ているということですか⁉」

桜が気色ばんだ。

「そうは言ってません。でも、失礼ながらあなたは介護の経験も知識もありません。もちろん、お兄さんにとっても初めての経験だらけです。これまで普通にできていた排泄や入浴はおろか、寝返りさえも満足に打つことができなくなる生活の絶望感とストレスがどれほどのものか想像がつきますか？　なにをするにも、誰かの手を借りなければなりません。排尿や排便も、誰かの手を借りなければなりません。一方、介護するほうの、精神的、肉体的ストレスも相当なものです。日本は世界的に見ても、身内以外の者に家族の介護を頼むことに消極的な国です。真面目な国民性なので、罪悪感を覚えるのでしょう。ですが、脊損者の介護は専門の教育を受けたヘルパーであってもかなりの重労働です。無理をした結果、家族に疲労と鬱憤が蓄積し、それは患者さんにも伝わります。いら立ちが募り言い争いも絶えなくなるケースも数多く見てきました。お気持ちは察しますが、専門のヘルパーさんに介護を依頼することをお勧めします」

「何度も言いますが、兄の面倒は私が見ます」

桜が医師を見据え、毅然として言った。

「お仕事は、どうなさるんですか？　葉山さんの介護となると、一日の大半は介護に費やすことになります」

「大丈夫です。母もいますから、協力して兄の手足になります」

医師に向けられた桜の強い意志の宿る瞳に、古都は驚きを隠せなかった。

目の前の桜はまるで別人……古都の知っている内気で控え目な女性は、どこにもいない。

「最初は、みなさん、そうおっしゃいます。いまはデイサービスも充実していますし、金銭的な面でも負担のかからないような……」

「罪悪感や経済的な問題で言っているのではありません！」

やんわりとヘルパーを勧める医師に、桜は取り付く島もなく断った。

「そうですか。わかりました。その件はまた、改めてお話ししましょう。葉山さんの面会ですが、全身麻酔から醒めて意識がはっきりするまで数時間はかかりますので、明日、出直して頂くか、妹さんがよろしければこのまま『家族待機室』に宿泊しても構いません。毛布くらいしかお出しできないのでゆっくりと睡眠を取ることはできませんが」

「家に帰っても眠れませんから、ここに泊ります。お気遣い、ありがとうございます」

桜は立ち上がり、医師に深々と頭を下げた。

古都も桜に倣った。

医師と桜のやり取りに張り詰めていた神経が緩んだ瞬間に、受け入れ難い現実が古都に襲いかかってきた。

いまだに、悪い夢を見ているのではないかという錯覚に陥りそうだった。

そうであるなら、一秒でも早く覚めてほしかった。

「では、明日、面会後にもう一度お話ししましょう。脊損者介護の専門スタッフも同席して、退院後の在宅介護について詳しくご説明致しますので。ヘルパーを頼むにしろご家族で介護するにしろ、知っておかなければならない知識なので。どちらにしても一ヵ月は入院になりますから、その間にいろいろなことを決めていきましょう。おやすみなさい」

医師は桜と古都に言い残し、「家族待機室」をあとにした。

夢ではない……これは、現実だ。

――これまで普通にできていた排泄や入浴はおろか、寝返りさえも満足に打つことができなくなる生活の絶望感とストレスがどれほどのものか想像がつきますか？

医師の言葉が、残酷な響きを帯びて脳内に蘇った。

不意に込み上げそうになる涙を、古都は堪えた。

つらいのは桜も同じだ。

それに、泣けば医師の言葉を受け入れてしまいそうで怖かった。

医学的な症例という点においては、そうなのかもしれない。

海斗の怪我が重症なのはわかる。

しかし、古都の考えは違った。

人間はときとして、医学や科学では証明できない奇跡を起こす。

そして、奇跡を起こすのは最後まで諦めない人……最後まで信じ続けた人だ。

古都は立ち上がりつつ、重ね合わせた両手に額をつけて彫像のように動かない桜に訊いた。

「コーヒー飲む？」

「いえ……大丈夫です。ありがとうございます」

同じ姿勢のまま、桜が掠(かす)れ声で言った。

古都は用意されていたポットからカップにコーヒーを注ぎ、ソファに戻った。

コーヒーを一口流し込み、古都は眼を閉じた。

桜と医師のやり取りを聞きながら、古都はずっと考えていた。

どちらか一方の言いぶんが正しく、どちらか一方の言いぶんが間違っているということはなかった。

桜も医師も、それぞれ正論を口にしていた。

デリケートで深刻な問題だが、海斗にとってベストの選択をするしかなかった。

だが、なにをもってベストの選択と言えるのか……。

「桜ちゃん、明日、先生や専門のスタッフさんの話をもう一度よく聞いてみましょう」

古都は眼を開け、相変わらず同じ姿勢で黙り込んでいる桜に話しかけた。

「はい。わからないことだらけだし、覚えなければならないことがたくさんありますからね」

顔を上げた桜が、赤く充血した眼で古都をみつめた。

「そうね。私も、協力するから一緒に頑張りましょう」

古都は、励ますように言った。

「ありがとうございます。古都さんがいてくれると、心強いです。でも、ご迷惑をかけるのは心苦しいです」

桜が表情を曇らせた。

「そんな水臭いこと言わないで。私は、海斗の婚約者よ。遠慮なく、こき使ってちょうだい」

古都は、努めて明るい口調で言った。

「そういうわけには……。たしかに古都さんは、兄にとって特別な人です。だけど、家族じゃない人にそこまで頼るのは……あ、ごめんなさい。そういう意味で言ったんじゃないんです」

慌てて、桜が取り繕った。

「わかってるわよ。気にしないで。だけど、少し寂しいわ。たしかに、私はまだ家族じゃない。でも、それはいまの話よ。近い将来、私と桜ちゃんは……」

「……忘れて貰っても、いいですか」

古都を、桜の思い詰めた声が遮った。

「えっ……なにを？」

瞬間、古都には桜の言葉の意味がわからなかった。

「兄のこと……婚約、なかったことにしてほしいんです」

遠慮がちに、しかし、きっぱりと桜は告げた。

「え？　もう、やめてよ。こんなときに、そんな質(たち)の悪い冗談」

古都は、強張りそうな頬の筋肉を笑顔でごまかした。

冗談でないことは、桜の思い詰めた瞳が代弁していた。

「私、真剣です。先生が言ってましたよね？　兄の麻痺が治る見込みはないと……一生、兄の世話をするために結婚するようなものです」

「先生がなんと言おうと、私は望みを捨てないわ。それに将来の旦那様の世話をするのはあたりまえのことだし、それを苦痛だなんて……」

「兄が苦痛なんです！」

桜の叫びに、古都の言葉が掻き消された。

「海斗が苦痛……？」

古都は、うわずる声で訊ねた。

「私がなぜ、ヘルパーさんを断ったかわかりますか⁉　兄はトップモデルです。人に自分をどう魅せるかを職業にしてきました。そんな兄が、人前で裸になって排泄の世話をされるなんて、耐えきれるはずがありません。それも、一回だけじゃなく毎日のことです。もちろん、私にだって下の世話なんてしてほしくないでしょう。だけど、誰かに世話を頼まなければならないなら、兄は私を選ぶはずです」

桜が古都を見据え、力強く断言した。

古都は、冷水を浴びせられたような気分になった。

桜が頑なに医師の勧めを断り介護しようとするのは、自分がスマートフォンを忘れたせいで事故にあった兄への贖罪意識だと思っていた。

違った。

いや、それもあるだろう。

しかし、それ以上に桜は兄の誇りを傷つけないようにと考えていたのだ。

浅はかだった。

自分は海斗の介護は苦にならない……将来の夫の世話をするのは当然のこと。考えていたのは自分のことばかりで、海斗の気持ちを少しも察していなかった。

「ごめん。あなたの気持ちも知らないで、軽々しいことを言ってしまって……」

古都は、素直に詫びた。

「いいんです。古都さんはなにも悪くないのに、私のほうこそきつく言い過ぎてしまいました。すみませんでした」

今度は、桜が頭を下げてきた。

「そんなことやめて。私の気遣いが足りなかったのが悪いんだから。でも、海斗と別れてという桜ちゃんの頼みは聞けないわ」

古都が言うと、桜が弾かれたように顔を上げた。

「兄の気持ち、わかって貰えないんですか？」

「わかるわ。桜ちゃんほどじゃないけれど、私も海斗のセルフプロデュースへの強いこだわりを知っているから。一緒に部屋にいるときも、下着姿でいるところを見せたこともないし」

海斗はシャワーから出てきた直後でも、すぐに部屋着を身に着ける。

古都の前では、おならをしたこともない。

「兄にとっても、古都さんは特別な女性です。だからこそ、そんな姿を誰よりも一番見せたくない人だと思います」

「わかるけど、別れるっていうのは違うわ。私は、これからも変わらず海斗の婚約者よ」

言葉こそ穏やかだが、古都は強い意志を込めて言った。

「古都さんは、勝手な人ですね。少しは兄の気持ちを、考えてはくれないんですか？」

「考えているから、言ってるの。それから……桜ちゃん。海斗の介護は、専門のヘルパーさんを雇ったほうがいいと思うわ」

古都は、心の奥底にあった考えを口にした。

「私の話、聞いてなかったんですか⁉ 兄は他人に……」

「いまのあなたには、海斗の介護は無理よ」

「それは……どういう意味ですか⁉」

桜が気色ばんだ。

「気持ちはわかるけど、冷静になって。桜ちゃんは、なにもかもを一人で背負い込もうとしている」

「兄がこんなことになっているのに、冷静になれるわけないじゃないですか⁉ それに、父親代わりに育ててくれた兄の面倒を見ようとすることの、なにが悪いんですか⁉」

「悪いだなんて、とんでもない。私が言いたいのは、海斗が一生歩けなくなったと決めつけるのはよくないってこと……先生がそう言っても、海斗が奇跡を起こすかもしれないじゃない！ 私は彼に、専門のヘルパーさんに介護して貰いながらリハビリを受けさせてほしいの……桜ちゃんにも海斗にも、諦めてほしくないのよ！」

古都は、桜の肩に手を置き訴えた。

「……私だって、そう信じたいです。奇跡が起きてほしいに決まってるじゃないですか！」

桜が古都の手を振り払い、涙目でみつめた。

「でも、雲を摑むような話で兄の尊厳を傷つけるようなことはしたくないんですっ。きちんと現実を受け入れて、できるだけ兄に不快な思いをさせない……それが、私達家族の役目だと思ってます」

私達家族という言葉に、桜の古都にたいしての拒絶を感じた。

海斗が生涯、車椅子の生活だと宣告されてからの桜は別人のように急激に変わった。

十数時間前まで、カフェでなごやかに鑑賞したばかりの映画の話に花を咲かせる古都と海斗を、微笑ましく眺めていた女性と同一人物とは思えなかった。

「海斗が歩けるようになるために諦めないことが、彼の尊厳を傷つけるとは思わないわ。それから、私も海斗の家族だと思ってる。ねえ、二人で力を合わせて……」

「ここは、『家族待機室』です。申し訳ありませんが、古都さんはお引き取りください」

「冗談でしょう？」

桜の予想外の言葉に、古都は耳を疑った。

「いいえ、本気です。古都さんは葉山家の人間ではありませんから」

「ちょっと、待ってよ！　あなた、自分でなにを言っているのかわかってるの⁉　私は、海斗の婚約者なのよ⁉」

古都は、ふたたび桜の肩に手を置き訴えた。

「お引き取りください」

桜が言いながら立ち上がり、ドアを開けた。

「落ち着いて話を……」

「警備員さんを呼びますよ！」

古都を遮り、桜が強い口調で言った。

「……わかったわ」

古都は腰を上げ、出口に向かった。

感情が昂(たかぶ)っている桜に、なにを言っても火に油を注ぐだけだ。

彼女が冷静になってから改めて話し合うのが得策だった。

「明日、出直してくるから、話の続きをしましょう」

「もう、お会いすることはありません。面会にもこないでください。私から、先生に言っておきます」

取り付く島もなく、桜が言った。

「身体、気をつけてね。いま、あなたまで倒れるわけにはいかないのよ」

古都は桜をみつめ、諭すように言った。

「ありがとうございます。古都さんも、お元気で」

桜は早口で言い残し、躊躇いを打ち消すようにドアを閉めた。

脱力した古都は、凭れかかるようにドアに背中を預けた。

緊張の糸が途切れ、膝から下が震えた。

いまになって、動揺と混乱の波が荒々しく古都に打ち寄せた。

古都はドアから背中を引き剝がし、ナースセンターに向かった。

海斗の容態を……。

思い直して、足を止めた古都は眼を閉じた。

五秒、十秒……誘惑に抗った。

ここは、我慢だ。

海斗に先に会ってしまえば、桜の感情を逆撫ですることになる。

これ以上、桜との関係をこじらせるのはまずい。

とにかくいまは桜を刺激せず、明日、出直して説得するのが最優先だ。

古都は眼を開け、ナースセンターに背を向け歩き出した。

10

鮮やかに地面を彩っているはずの散りザクラ、散歩中の愛らしい子犬、心地よいスズメの囀り、早朝の爽やかな空気……一ヵ月前までは、自宅マンションから数分の目黒川沿いの通りを散策するたびにそう感じていた。

枯れ落ちたサクラの花びら、愛嬌を振りまくだけの子犬、耳障りな囀り、淀んだ空気……いまの海斗には、すべてが煩わしかった。

美しいもの、愛らしいもの、心地よいものに触れると心が荒んだ。

サクラを見ても美しいと思えず、子犬を見ても愛らしいと思えず、囀りを聞いても心地よいと感じず、そんな自分を毎分ごとに嫌いになってゆく。

海斗は、虚ろな思いで両足をみつめた。

一年前……この両足は、日本人モデルとして初めて「スイスコレクション」のランウェイを歩いていた。

華やかに、颯爽と、誇らしく……。

あのときの自分は、眩いほどに輝いていた。

みんなが、羨望の眼差しで海斗の一挙手一投足にまで注目した。

それに引き換え、いまの自分はどうだ？

人目を避けるように早朝に外出し、外出する前よりも沈んだ気持ちで自宅に戻る。

朝晩の散策も、桜のためだ。

ずっと自宅にいると気が滅入るからと、桜から半ば強制的に外に連れ出されていた。

外に出るほうが現実を思い知らされつらかったが、桜の気持ちを考えて我慢した。

本当は人を気遣う余裕などなかったが、桜だけは別だ。

母に捨てられ、父を亡くした兄と妹は、互いに支え合って生きてきた。

ときには海斗が桜の父として、ときには桜が海斗の母として。

夫と子供を捨てて家を飛び出した母の謝罪を受け入れ呼び戻したのも桜を思ってのことだ。

万が一自分になにかあったなら、桜は天涯孤独になってしまうと考えたからだ。

皮肉にも、母が家に戻って半年後にこんなことになってしまった。

桜は、自分のせいで兄が事故にあったと責めている。

たしかに海斗は、桜が忘れたスマートフォンを届けようと追いかけている途中で車に撥ねられた。

だが、慌てて左右を確認せずに通りを渡ろうとした自分に責任はある。

つまりは、自業自得というやつだ。

海斗の思いは桜に伝えていたが、彼女は頑なに自分を責め続けた。

責任感が強く、生真面目で、献身的で……桜の性格は、誰よりもわかっていた。

妹が、地獄に落とした兄への贖罪に生涯を捧(ささ)げようとしていることも。

主治医が勧めるディサービスを桜が頑なに断り続けるのも、罪の意識からだ。

桜を呪縛(じゅばく)から解放してやりたかった。

毎分、毎秒、その思いは強くなった。

どうやったら妹を解き放ってやれるかと、そればかりを考えた。

不幸中の幸いは、海斗がモデルの仕事をできなくなっても父の遺産などで家族三人が生活していけるということだ。

しかし、その環境は桜を余計に海斗に縛りつけることになるのだった。

このままだと妹は、罪悪感の海に漂いながら兄の下の世話や食事や入浴の世話をしながら、年を重ねてゆくのが目に見えている。

あっという間に二十代が過ぎ去り三十路（みそじ）を迎え、慌ただしく介護の生活を送っているうちに四十、五十となり、結婚はおろか恋愛さえする暇もなく煌めいていたはずの未来を失ってしまう。

そんなのは、我慢できなかった。

妹のためだけではない。

海斗自身、こんな生活を数年、いや、数十年続けるなど耐えられなかった。

トイレに行くにも、食事をするにも、シャワーを浴びるにも、ベッドに横になるにも起きるにも、桜の助けが必要になる。

仙骨部が壊死しないように数時間ごとに尻の位置を変えるために海斗を抱え上げ、排泄するたびに感染症にかからないように性器と肛門を洗浄しなければならない。

二十歳の妹を一生、自分に縛りつけなければならないことが死ぬほどつらかった。

いや、いっそ、死んだほうがどれだけ楽か……。

桜と自分が地獄から解放される方法は、一つしかなかった。

入院生活の間も、そのことばかりを考えていた。

母や妹には内緒で、スイスのある団体について調べていた。

以前、テレビでその団体の特集をやっていたことを思い出したのだった。

あの頃は、無縁の世界だと思っていた。

まさか、数年後に自分が調べることになろうとは夢にも思わなかった。

「お兄ちゃん、寒くない？」

車椅子を押していた桜が訊ねてきた。

「ああ」

海斗は答え、ゆっくりとした速度で流れる景色を視線で追った。

入院生活と合わせて一ヵ月が経っても、低い目線には違和感を覚えた。

百八十五センチの海斗が慣れ親しんできた景色とは、あまりにも違い過ぎた。

太腿の上に、ハエが止まった。

不意に、激しい怒りが込み上げ平手で叩きつけた。

寸前のところでハエは飛び立ち、空振りした掌が太腿に打ちつけられた。

かなりの力で叩いたはずなのになにも感じない太腿に、海斗は自嘲の笑みを浮かべた。

「お兄ちゃん、本当にいいの？」

「なにが？」

訊ね返しはしたものの、桜がなにを気にしているかわかっていた。

「古都さんに会わなくても」

「ああ」

胸奥の蠢き(うごめ)から、意識を逸らした。

開きかけた思い出の扉を、慌てて閉めた。

これ以上、大切な人の人生を道連れにするわけにはいかない。

なにより、輝きを失った葉山海斗を彼女には見られたくなかった。

「ごめんね……」

景色の流れが止まった。

桜の嗚咽が、海斗の胸を掻き毟った。

「お前はなにも悪くない」

「でも、私があのとき……」

「頼みがある」

海斗は、桜の言葉を遮った。

「なに?」

「僕がこうなってしまったのは、不注意による自分の責任だ。お前が罪の意識を感じることはなにもない。ただ、力になりたいと思ってくれるなら、一つだけ守ってほしいことがある」

海斗は、正面を向いたまま言った。

「なにを守ればいいの？」

海斗は眼を閉じた。

主治医に、一生、下半身の麻痺が回復する可能性はないと告げられたときからぼんやりとだが心に決めていた。

「この先、僕がどんな選択をしても、その選択に日本中の人達が反対しても、お前だけは僕の味方でいてほしい」

眼を閉じたまま、海斗は言った。

瞼の裏に浮かぶ最初で最後に愛した女性を、心で殺した。

第二章

1

目黒川近くの白い外壁の瀟洒（しょうしゃ）なマンションのエントランスの前で佇（たたず）む古都は、大きなため息を吐いた。

海斗が退院してから一週間、毎日、古都はこのマンションに足を運んでいた。

父親が健在の頃に購入したマンションの六〇三号室に、海斗、桜、母親の三人が暮らしていた。

海斗の父親は、都内に五軒あるレストランチェーンのオーナーだった。

父が他界してからは、実質の経営は叔父（おじ）夫婦に任せているようだ。

以前までは、葉山家の事情は海斗が教えてくれた。

だが、いまは……。

古都は、梅雨時の雨雲のように広がる暗鬱（あんうつ）な気分から意識を逸（そ）らし、エントランスに足を踏み入れた。

オートロックのタッチパネルで、部屋番号をタップした。

予想通り、応答がなかった。

管理人室の小窓から、初老の管理人が同情の眼差しを古都に向けてきた。

一週間、毎日通い、帰ることを繰り返す女性を憐れに思っているのだろう。

応答がないとわかっていながら、一縷の望みにかけて古都の指先は二度、三度とパネルをタップした。

桜が、自分に会わせないようにしているのはわかった。

母親も、娘の意見に従っているのだろう。

わからないのは、海斗の気持ちだ。

歩くことはできなくても、電話をかけることができるはず。

だが、海斗からは一度も連絡はなかった。

——僕みたいないい男の彼女になったら、一生、離れられなくなるぞ。それでもいいのか？

傲慢な笑みを浮かべる海斗の顔が、脳裏に蘇った。

もちろん、本気でそう思っているのではない。

つき合っていくうちに、わかってきた。傲慢で女性蔑視を演じる仮面の下には、誰よりも繊細で、誰よりも心優しい素顔が隠されていることを。

傷つきやすいから、仮面をつけているだけ……そんな海斗を知るほどに、古都は惹かれていった。

交際して半年が経った頃、青山のオープンカフェで海斗とお茶をしていたときのことだった。

——あれ!? 海斗?

モデルのようにスタイルのいい女性が足を止め、海斗に話しかけてきた。

見覚えのある顔だったが、古都は女性が誰かを思い出せなかった。

——よう。ひさしぶり。

海斗は、笑顔で女性に手を上げた。

——やっぱり海斗だ! ねえ、どうして連絡くれなかったのよぉ。電話もＬＩＮＥも何十本もしたのに、全然レスがないんだもん。果林のこと、嫌いになったのぉ？

女性が急に馴れ馴れしい態度で海斗の隣の席に座ると、腕を絡めて甘えた声を出した。果林という名前を耳にして、海斗の密着取材をしていたときにスイスまで追いかけてきたモデルだと思い出した。

目の前でいちゃつかれて不快な気分になった記憶が古都の脳裏に蘇った。

海斗しか眼に入らないのか、正面の席に座る古都の存在には気づいていなかった。

――ごめんごめん、忙しかっただけだよ。

――忙しいからって、何ヵ月も連絡……あれ？　この人、スイスで海斗の密着取材していた図々しいライターでしょ？　また取材⁉

初めて古都に気づいた果林が、嫌悪感を隠そうともせずに顔を顰めた。

――お久しぶりです。

古都は、果林に笑顔で挨拶した。

内心、穏やかではなかったが、海斗の婚約者だからこそ我慢した。

青山という場所柄、業界関係者や写真誌の記者がいるかもしれないのだ。

──相変わらず、ライターのくせに図々しいわね！　ねえ、海斗、久しぶりに会ったんだし、取材なんて後回しにしてよ。このライターを……。

海斗が無言で席を立ち、古都の隣に座ると肩を抱き寄せた。

──僕の婚約者の小野寺古都さんだ。連絡を返さなかったのも、彼女に変な気を遣わせたくなかったからだ。

瞬間、夢を見ているかと錯覚しそうになった。

──え……またまたまた～。そんな冗談は……。

──冗談じゃないよ。古都は、人生で初めて愛した女性だ。

そのとき果林が、どんな表情をしていたのかわからない。

なぜなら古都の瞳は、海斗の横顔に釘付(くぎづ)けになっていたから……。

あなたの言う通り、離れられないほど好きになったわ。

なぜ、会ってくれないの？

なぜ、連絡をくれないの？

桜ちゃんに、止められているから？

それとも、自分の意志？


古都は、心で海斗に問いかけた。

海斗が退院してから、そのことばかりを考えていた。

「もしかして、六〇三号室の人を訪ねてきているのかな？」

小窓を開けた管理人が、古都に声をかけてきた。

「あ、はい！」

膜がかかっていたような視界が、明るく鮮明になった。

「葉山さんのお兄さんと妹さんは、十分ほど前に出かけたよ」

「お兄さんは車椅子でしたか⁉」

「ああ。時間はまちまちだけど、毎日、妹さんがお兄さんの車椅子を押して出かけているよ。たいてい、三十分くらいで戻ってくるから散歩じゃないのかな」

「どこに行っているか、ご存じじゃないですか⁉」

古都は、思わず身を乗り出し小窓に顔を近づけた。

「さあ、いちいち行き場所は訊かないからねえ。でも、目黒川沿いで、一度だけ妹さんとお兄さんをみかけたことはある……」

「ありがとうございます！」

管理人が言い終わらないうちに頭を下げ、古都はエントランスを飛び出した。

目黒川沿いで古都は、右か左か迷った。

とりあえず、右に走った。

平日の午前中ということもあり、人はまばらだった。

前方……視界に入る範囲に、海斗と桜の姿は見当たらなかった。

カフェ、雑貨店、コンビニエンスストア……通り過ぎる店の中も覗き込んだがいなかった。

走りながら、対岸もチェックしたが見当たらない。

五十メートルほど走ったところで、古都は足を止めた。

久しぶりに走ったので、激しく息が上がっていた。

少しだけ休み、古都は対岸に渡って、きた方向に戻った。

やはり、視界に入る範囲も通り沿いの店にも海斗と桜の姿は見当たらなかった。

脇腹に差し込むような痛みが走り、肺が破れそうだった。

管理人は、海斗と桜がマンションを出たのは十分くらい前と言っていた。

車椅子を押しながらで、そんなに遠くに行けるとは思えない。

二人は、別のコースを散歩しているに違いない。

古都はマンションのほうに引き返した。

あてもなく捜し回るより、エントランスで二人が戻ってくるのを待っていたほうが確実だ。

管理人の話では、たいてい三十分ほどで戻ってくるとのことだった。

目黒川沿いから住宅街に……古都は駆け足になった。

先を越されたら、また、居留守を使われて会えなくなる。

「あっ……」

古都は、思わず声を上げた。

およそ十五メートル先――公園の入口に、車椅子を押す女性の背中が見えた。

古都は全速力で通りを渡った。

十メートル、九メートル、八メートル……女性の背中がどんどん近づいた。

桜の背中だと確信した。

「海斗！」

五メートルを切ったあたりで古都が声をかけると、女性が足を止め振り返った。

「古都さん……」

強張（こわば）った顔で、桜が息を呑（の）んだ。

我を取り戻したように、桜が急ぎ足で車椅子を押し始めた。

古都は桜を追い抜き、車椅子の前に回り込んだ。

ワイシャツにデニム姿の海斗は、無表情に古都をみつめた。

「どうして……」

古都の唇から、震える声が漏れた。

会ったときに問いかけようと用意していた言葉達が、いざ海斗の顔を見たらなに一つ出てこなかった。

頭ではわかっていても、海斗の車椅子姿を目の当たりにした古都はショックで二の句が継げなかった。

海斗の顔は少しむくみ、うっすらと無精ひげが生えていた。

髪の毛は桜がしているのだろう、きれいに整えられていた。

見た目はそんなに変わった印象はなかったが、一番の違いは瞳(ひとみ)の翳(かげ)りだ。

こんなに暗い海斗の瞳を見た記憶は、古都にはなかった。

「古都さん、申し訳ないんですけど……」

「そこのベンチで、待っててくれないか」

海斗が、桜を遮るように言った。

「でも……」

「言う通りにしてくれ」

海斗が、桜を見上げ穏やかな口調で言った。

「まだ、いまの身体に順応してないので体調を崩す心配がありますから、お話は短めにお願いします」

桜は古都を厳しい眼で見据え事務的に告げると、十メートルほど離れたベンチに向かった。

「海斗……どうして連絡をくれなかったの？」

喋りかたも表情も、以前の彼女とは別人のようだった。

ずっと訊きたかったことを、古都はようやく口にできた。

「用件は？」

「え？」

古都には、海斗の口から発せられた言葉が瞬時に理解できなかった。

「僕に会いにきた用件を訊いてるのさ」

古都は、耳を疑った。

聞き違いに決まっている。

海斗が、そんなことを言うはずがなかった。

「海斗、冗談はやめて。婚約者の私が会いにくるのに、用件がなければだめなの？」

古都は、強張りそうになる頬の筋肉に抗い笑顔を作って見せた。

「以前の話だよ」

海斗が、にべもなく言った。

いままでに聞いたことのないような、冷え冷えとした声だった。

「以前の話？　それ、どういう意味よ？」

笑みを崩さずに、古都は訊ねた。

「僕と君の関係は、昔の話ってことだよ」

海斗が、遠い眼差しで言った。

「えっ……もう、本気にするところだったじゃない！　前から冗談が好きな人だけど、趣味が悪くなったわよ」

微笑むことが、こんなにもつらいとは思わなかった。

「冗談じゃない。僕は本気だ」

海斗が、遠くに視線を向けたまま言った。

「私と……別れるつもりなの？」

古都はついに、笑顔を維持することができなくなった。

「少なくとも、僕は別れたつもりだよ」

海斗の抑揚のない声が、古都の胸を切り裂いた。

「なに言ってるのよ⁉　私は、海斗と別れる気はないからっ。どうして、そんなひどいこと言うの？　ねえ、ちゃんとこっちを見て！」

古都は、腰を屈めた。

「じゃあ訊くけど、こんなになってしまった僕に、君とどうやってつき合えと言うんだ？」

海斗が、視線を逸らしながら言った。

「どうやってって……いままで通りでいいじゃない！」

「もう僕は、ランウェイを歩くこともできない。スーパーモデルの海斗は死んだ。君が婚約した男は、どこにもいないんだよ」

海斗が、覇気のない声で吐き捨てた。

古都が視線を合わせようと移動すると、ふたたび海斗は顔を背けた。

「本気でそう思ってるの!? 私が好きになったのはモデルの海斗じゃなくて、葉山海斗なの！ つき合い始めの頃に何度も、そう言ったでしょ？ 車椅子の生活になっても、海斗は海斗じゃない。ね？ そんなことで、私と別れるなんて言わないで」

古都は、まだいるはずの昔の海斗に訴えかけた。

「勝手なことばかり言わないでくれっ。一人では満足にトイレにも行けないし、風呂に入ることもできないし、ご飯だって用意して貰わなければ……」

海斗が言葉を呑み込み、悲痛な顔で眼を閉じた。

「そんなこと、私に任せてよ！ そのくらいで、私が海斗のことを嫌になるとでも思って……」

「僕が、嫌なんだよ！」

海斗が、大声で古都を遮った。

「ランウェイを颯爽と歩いていた僕が、彼女に下の世話をされてどんな気分だと思う!? 床に落とした物を自分で拾えない情けない姿を彼女にいちいち見られるのが、どれだけ惨めだと思う!?」

海斗が、悲痛な表情で言った。

怒り、屈辱、不安……海斗の瞳には、これまで見たことがないような複雑な感情が混在していた。

通りを行きかうカップルが好奇の視線を注ぎ、母親が子供の手を引き足早に立ち去った。

「海斗……」

古都は、いら立ちを爆発させる海斗に驚きを隠せなかった。

同時に、ショックだった。

これだけ精神的に追い込まれている海斗の気持ちを、察することができなかった。

それだけならまだしも、連絡をくれないことを不満に思っている自分がいた。

「ごめんなさい。あなたの気持ちにたいして、理解が足りなかったわ」

古都は、素直に詫びた。

「別にいいさ。理解も同情もほしいと思わない。余計に惨めになるからね」

海斗が、皮肉っぽく言った。

こんな海斗も、初めてだった。

「同情なんてしてないよ。そんなふうに思わないで」

「わかった。そんなこと、どっちでもいいよ。歩けるようになるわけじゃないし」

海斗が吐き捨てた。

「海斗。自棄にならないで。そんなの、あなたらしくないよ」

古都は、海斗の膝に手を置き柔らかな口調で訴えかけた。

「スポットライトを浴びていた海斗が、僕らしい僕か？　いま、君が膝に手を置いているのも見なければわからないっ。いま、君が暴漢に襲われても叫ぶだけで助けることができないっ。それでもまだ、出会った頃の僕と変わらないと言うつもりか!?」

海斗が矢継ぎ早に口にする悲痛な言葉達が、古都の胸に突き刺さった。

「変わらないよ！　私は、あなたの内面に惹かれたの……海斗の人間性を好きになったの。もしものときのために護身グッズを持ち歩くようにするし、自分のことは自分で解決するから大丈夫！　痴漢も暴漢も私を襲ったことを後悔させてあげるから」

古都は、敢えて冗談めかして言いながら笑顔を作って見せた。

「いまの君の言葉が、答えだよ」

海斗が、暗鬱な瞳を古都に向けた。

「え？」

「僕には、自分のことが自分で解決できない現実が一番つらい。正直、君との別れがつらくないと言えば嘘になる。それでも、君に一生、苦労をかけ続ける人生のほうが数百倍もつらいよ」

海斗が力なく言うと、視線を古都から逸らし遠い眼差しになった。

「海斗と同じ気持ちにはなれないかもしれない。でも、婚約者として、あなたの力になりたいの……あなたと、苦楽をともにしたいの」

古都は、海斗に縋る瞳で訴えた。

「桜」

海斗が、遠くをみつめたまま妹の名を口にした。

「海斗、こっちを見て」

古都の呼びかけが聞こえないとでも言うように、海斗は宙に視線を漂わせていた。

「お願いだから……」

「本当に兄のことを想ってくれているなら、今度こそ、もう二度と会いにこないでください」

桜が車椅子のグリップを摑み、古都に冷たく言い放った。

「では、失礼します」

追いかけようとしたが、古都の足は動かなかった。

桜が、そうさせたのではない。

海斗の心の葛藤の十分の一も、わかっていなかった。

会いたい、別れたくないの一点張りで、なに一つ、最愛の男性の苦悩を理解できていなかった。

「諦(あきら)めないよ」

一緒に、あなたの笑顔を取り戻すから……。

古都は、言葉の続きを心で紡いだ。

2

「五月に開催される『ファッションアウォード2017秋冬プレタポルテ』の特集ページの目玉なんだけど、みなで意見を出してくれる？」

青山のファッションビル……「バーグ」のミーティングルームのエンジョイチェアに座った編集長の香織が、スタッフの顔を見渡した。

「バーグ」には会議テーブルが存在しない。

二十坪のスクエアな空間には、編集スタッフ八人のタブレットアームスタンド付きのエンジョイチェアが円形に設置されていた。

「私は、直哉(なおや)がいいと思います」

プラチナブロンドのショートヘアにくっきりとした目鼻立ち……ハーフと見紛(みまが)うビジ

ュアルの亜美（あみ）が、躊躇（ためら）わずに発言した。

亜美は先月、別のファッション誌から移ってきた新人だが、臆（おく）せず物を言うところを香織に評価されていた。

意見をはっきり言うだけでなく、彼女の発言には納得できる裏付けがあった。

「理由としてはシンプルで、人気と話題性のあるモデルじゃないと海斗の穴は埋められないからです」

古都の胸に疼痛（とうつう）が走った。

香織以外は、古都と海斗の関係を知らない。

それでも、本来、メインで出場するはずだったランウェイに海斗の姿がないのは哀しかった。


——明日のミーティング、休んでもいいわよ。


昨日、気を遣ってくれた香織から電話がかかってきた。

——ありがとうございます。でも、大丈夫です。

——無理しなくてもいいのよ。海斗君の後釜（あとがま）を決めるミーティングだから、あなたにとってはつらいものになるわ。

——だからこそ、逃げたくないんです。私より、コレクションのランウェイを歩けなくなった海斗のほうが、遥かにつらいはずですから。

——わかったわ。一度言い出したら聞かないのが、あなただものね。だけど、耐えられなくなったら電話がかかってきたふりでもして、ミーティングを抜けてもいいから。

——私を誰だと思っているんですか？　鉄のハートを持つ女ですよ？

香織を心配させないように、強気に陽気に振舞ったが平静を装うだけで精一杯だった。

「これまでは海斗の陰に隠れていましたが、エース不在のいま、一気に頭角を現してきました」

——直哉がポスト海斗だって？　まあ、あいつもなかなかいい男だけど、僕と比べられるのはかわいそうだな。国産の高級車も、フェラーリと比べられると色褪せるだろ？

ある日、恵比寿のオープンテラスでファッション誌を見ていた海斗が得意げな顔で言った。

——もう、やめなさいよ。私はあなたのことをわかってるからいいけど、知らない人が見たら感じ悪いわよ。海斗、後輩モデルをカフェでこきおろす、なんて写真誌に出たらどうするの？

うわべでは憎まれ口を叩いているが、海斗は同じ事務所の直哉をとてもかわいがっていた。

糖質制限のメニューを作ってあげ、自分の食材を買うときには必ず直哉の分もカゴに入れていた。

——あいつ、昔の僕と同じで太りやすい体質なんだ。そのくせ、ジャンクフードやスナック菓子が好きでさ。僕が管理してやらないと、ぶよぶよになったら事務所をクビになるからさ。

後輩の心配をしながら鶏の胸肉やブロッコリーをカゴに放り込む海斗の姿が、昨日のことのように脳裏に蘇った。

照れなのか天邪鬼なのか、とにかく海斗は心にもないことばかりを口にする、誤解されがちな性格をしていた。

そんな海斗の代わりに関係者に謝って回ったり、腹を立てたりしたことは枚挙にいとまがなかった。

だが、古都は知っていた。

海斗が、誰よりも純粋で傷つきやすい心の持ち主だということを。

「でも、直哉はまだ海斗の域には達していません。ピンの特集記事では心許ないので、未夢との抱き合わせの特集記事なんてどうでしょう？」

亜美が、香織に伺いを立てた。

未夢は、女子高生を中心に圧倒的支持を受けている十八歳の新星だ。

「未夢ねぇ。勢いと人気はあるけど、ウチの雑誌の読者層には合わないんじゃないかしら」

香織が難色を示す理由は、未夢のファンの平均年齢が十代だということだった。

「たしかに、『バーグ』の読者層は二十代、女子大生やＯＬがメインですが、逆に未夢の起用は読者層を広げるチャンスとも言えます。十代の読者層を取り込めれば、『バーグ』の部数も飛躍的に伸びる可能性があります」

亜美が自信満々に言い切った。

さすがに、やり手と言われるだけのことはあり、亜美の言葉には説得力があった。

「シェア拡大のチャンスかもしれないわね。一方で、未夢の起用が裏目に出れば既存の読者離れのリスクもあるから、難しい問題だわ」

香織が腕を組み、思案の表情になった。

「直哉で大丈夫じゃないですか」

みなの視線が、一斉に古都に集まった。

香織が古都を促した。

「海斗さんが、いつも言っていたそうです。直哉は、大舞台になればなるほど魅力を発揮する本番に強いタイプだって」

「え？　そんなの初耳です。海斗って、いろんな雑誌のインタビューでも、直哉についてはまだまだみたいなことしか言ってないと思いますけど……小野寺さん、そのエピソード、誰から聞いたんですか？」

亜美が、怪訝そうに訊ねてきた。

古都と海斗の関係を知らないので、彼女の疑問も無理はない。

海斗はテレビや雑誌のインタビューでは、直哉についてダメ出し発言しかしなかった。

「続けて」

――あいつは、少し褒めるとすぐに図に乗るからな。モデルなんて、女にキャアキャア言われて、雑誌のスタッフから持ち上げられて、カメラマンには乗せられるから、いつの間にか自分を見失う奴が多いんだ。勘違いして、スタッフに横柄になり、節制せずに飲み食いして遊び回るからビジュアルも劣化するし。それまでチヤホヤしてくれていた取り巻きやファンが離れて、誰にも相手にされなくなってから初めて気づくのさ。

――だからあなたは、編集者に褒められてもファンから騒がれても不愛想なんだ。

――ああ。モデルはサクラと同じだ。花びらが散ったら、それまで競い合うように写真を撮っていた人達も見向きもせずに通り過ぎて行くだろう？　僕にはサクラの声が聞こえるよ。花びらがなくても私はサクラよ……って。だから直哉には、満開の時期が少しでも長く美しく続くように、浮かれてほしくないんだよ。僕が散ったあとに集まった人を満足させることができるのは、直哉しかいないんだからさ。


脳裏に蘇る海斗の優しい眼差しが、古都の胸を締めつけた。

満開の時季に花びらを失った海斗の気持ちは……。

「小野寺さん」

答えを催促する亜美の声で、古都は記憶の扉を閉めた。

「ん？　ああ、私の知り合いが海斗さんの妹さんと仲良くて……それで妹さんには本音を言っているみたい」

古都は、動揺が顔に出ないように言った。

「えっ……妹さん、知り合いなんですか!?」

亜美の瞳が輝いた。

「直接じゃなくて、私の知り合いが……」

「その知り合いに頼んで、海斗の妹さんを紹介して貰えませんか？」

亜美が古都を遮り、食い気味に言った。

「どうして？」

嫌な予感に導かれつつ、古都は理由を訊いた。

「海斗ですよ！　世界でも通用する日本のトップモデルが、事故で半身不随の車椅子生活。栄光から挫折……地獄の底から這い上がろうとする海斗の姿を特集できたら、直哉や未夢どころの反響じゃありませんよ！」

亜美が、興奮気味に捲し立てた。

予感は当たった。

胃が焼けるように熱くなり、顔が火照った。

喉がからからに干上がり、軽い眩暈に襲われた。

「そんなの……海斗さんが受けるわけないでしょう？」

古都は、必死に平静を装った。

「もちろん、私もそう簡単だと思っていません。だから、ギャラで交渉するんですよ！」

「ギャラ？」

「はい、ギャラですっ。だって、海斗の収入がなくなった上に、介護でお金もかかるでしょうから、高額なギャラを提示したら食いついてくると思いますっ」

膝の上に置いた手で拳を作った。

奥歯を嚙み締め、眼を閉じた。

深呼吸を繰り返した。

亜美に悪気はない……古都は己に言い聞かせた。

「ねえ、小野寺さん、お願いしますっ。知り合いの方を紹介してくれたら、自分で妹さんにコンタクト取りますから！　必ず、ギャラで落として……」

「あのさ……」

「亜美ちゃんっ、いい加減にしなさい！」

香織の叱責が、古都を遮った。

ミーティングルームの空気が一気に凍てついた。

「私……なにか悪いこと言いました？」

亜美は動揺に顔を強張らせつつも、香織に訊ねた。

「あなたが部数を伸ばそうとしているのはわかるけど、海斗君の気持ちも考えなさいっ」

「すみませんでした」

渋々といった感じで、亜美が詫びた。

古都を守るために、必要以上に強い口調で叱りつけた香織に不満を覚えたのだろう。

スタッフも、香織に訝しげな顔を向けていた。

古都は眼を閉じ、心で詫びた。

会社のために発言したことで叱られた亜美に……そして、悪者になってくれた香織に。

☆

「バーグ」から歩いて数分の「ランウェイ」のオープンテラスで、古都は手に持ったエスプレッソのダブルに虚ろな視線を落としていた。

海斗が「バーグ」に取材にきた帰り、スタッフにはわからないように外で落ち合いよくきたカフェだった。

海斗は、ここのエスプレッソが好きだった。

――エスプレッソを飲んでると、大きな夢を抱いてパリに初めて行ったときのことを思い出すんだ。日本人が本当に世界でモデルとして通用するのか……そんな不安も、シャンゼリゼ通りの洒落たカフェでエスプレッソを飲んでると吹き飛んだものさ。なんか、パリっ子になった気分で。

脳裏に蘇る海斗の少年のような笑顔を、遠い昔に感じた。

そう、海斗との関係は事故を境にまったく変わってしまった。

――君が暴漢に襲われても叫ぶだけで助けることができないっ。

海斗の絶望の淵で喘ぐ声が、古都の胸を掻き毟った。

海斗に会いたいと願うのは、自分勝手なのだろうか？

海斗の力になりたいと願うのは、残酷なことなのだろうか？

目黒川沿いで海斗に会ってから、一ヵ月が過ぎていた。

古都からは電話をしていないし、もちろん、海斗からもかかってきていなかった。

連絡をしようかどうか、迷っていた。

彼にたいしての気持ちは変わってないが、桜の言うように精神的に追い込んでいるとしたら……と考えると行動に移せなかった。

別れる気はなかった。

同時に、自分のその思い自体が海斗には苦痛なのかもしれない、という懸念が頭を過った。


──兄のことを、忘れてください。


桜の悲痛な顔が浮かんだ。

自分ばかりが、つらいとでも思っているの？

海斗はもちろん、兄のあなたへの想いを誰より知っている桜がどれだけ苦しんでいることか……。

本当に彼のことを想うのなら、身を引きなさい。

彼の前から姿を消すことが、海斗への愛と思いやりよ。

「やっぱり、ここだったわ」

脳内の声に、女性の声が重なった。

目の前に、香織が座った。

「今日は、すみませんでした」

古都は、素直に詫びた。

自分を庇うために亜美にきつく当たったことで、明らかに香織はスタッフの反感を買った。

「私もエスプレッソをダブルで。もしかして、亜美にダメ出ししたこと？」

ウエイトレスから古都に顔を戻した香織が訊ねてきた。

「はい。私のせいで、先輩にご迷惑をかけてしまいました」

「なによ、そんな殊勝な態度、あなたらしくないわよ。それに、別に迷惑なんてかかってないし。たしかにあなたと海斗君の関係がバレないようにしたのは事実だけど、そのことがなかったとしても亜美には同じように叱ったわ。彼女は優秀だけど、利益に走り過ぎるところがあるの。取材するのもされるのも、記事を作るのも読むのも人間……思いやりを無視した仕事は、必ず綻ぶものよ」

思いやりを無視……香織の言葉が、心の傷口に爪を立てた。

「彼とは、会えていないの？」

古都は小さく顎を引いた。

香織には、桜と海斗に言われたことはすべて話していた。

香織はいつも、古都の心に寄り添うように真剣に話を聞いてくれた。

早く会えるようになるといいわね……決まって、香織はそう言った。

これまで、どうしたほうがいい、と言われたことはなかった。

古都も、意見を貫いたくて話していたわけではなかった。

だが、いまは……。

「海斗の気持ちを考えるなら、もう、会いに行かないほうがいいんですかね？」

初めて古都は、香織に意見を求めた。

明るく言ったつもりが、声は弱々しくうわずっていた。

「まあ、海斗君はあなたに下の世話なんかしてほしくないだろうし、健康なあなたが思うがままに動き回るのを見るのもつらいでしょうね。妹さんからしてもお兄ちゃんを葛藤させたくないだろうし、正直、迷惑でしょうよ」

香織が、淡々とした口調で言った。

「でも、海斗君は心の奥底では古都に会いたいと思ってるはずよ。あなたのことが大好きだから、いまの自分を見られたくないし、遠ざけようとするんじゃないのかな？　たしかに、事故にあったことで海斗君自身の考えかたや性格は変わるかもしれない。だけど、古都を好きだって気持ちまでは変わらないと思うわ」

「そうだとしても、海斗が私に会いたくないのは事実なわけですし……」

古都は、エスプレッソに映る自分の顔をみつめた。

迷子になった子供のような、不安げな顔……進む道も戻る道も見失った不安げな顔。

「最初は、そうでしょうね。でも、人間は習慣の生き物だから、何度も会っているうちに慣れるものよ。海斗君の何重にもロックのかかったドアを開けられるかどうかは、あなたの想いの強さ次第じゃない？」

香織は言うと、運ばれてきたエスプレッソを口もとに運んだ。

「私の想いの強さ次第？」

繰り返す古都に、香織が頷いた。

「だって、あなただって事故にあって顔に物凄い傷が残ったら海斗君に会いたくても徹底的に避けるでしょう？　それと同じよ。でも、そんなあなたに負けずに、何度突き放されても転んでも諦めずに会いにきてくれるうちに、根負けするかもしれないでしょ？　最初は傷を見られると嫌われるんじゃないか、驚かれるんじゃないかって、不安と恐怖で一杯でも、海斗君の愛が伝わればじょじょに頑なな心の扉が開くかも……でしょ？」

香織が、片目を瞑って見せた。

霧で覆われていた視界が、一気にクリアになったような気がした。

逆の立場になって考えたら、見えてくるものがあった。

香織の言う通りだった。

もし、顔に大怪我したら海斗に一生会わない……会えないと絶望に打ちひしがれることだろう。

海斗が連絡してきても電話に出ないだろうし、会いにきても居留守を使うか親に断って貰うに違いない。

それで海斗が諦めたら、二人が会うことは二度とない――孤独の闇で哀しみを抱擁し、ひっそりと生きて行くことを選択するだろう。

そんな思いを、海斗にさせようとしていたのか？

「古都。重要なのは、海斗君じゃなくあなたよ。拒まれることに傷つき、これ以上耐えられないというのなら、海斗君をすっぱりと忘れることね。そんな中途半端な気持ちで手を差し延べられたら、海斗君にも妹さんにも迷惑な話だわ」

「中途半端な気持ちなんかじゃありません！　私がそんなことで逃げ出す女に見えますか⁉　無視されても居留守を使われても罵倒(ばとう)されても、海斗が私を嫌いにならないかぎり何回でも何十回でも何百回でも挑み続けます！　見くびらないでくださいっ。私は、そんな柔な女じゃありませんから！」

古都は、鼻息荒く言った。

「やっと、いつもの勝気な猪娘に戻ったわね」

香織が口もとを綻ばせた。

「猪娘？　なんですか、それ？」

「猪突猛進……脇目も振らず立ち止まらず、前進あるのみ！　それが、私の知っている小野寺古都よ」

香織が、ニッと笑った。

「まあ、誉め言葉として受け取っておきますね」

古都は言うと、エスプレッソを飲み干し立ち上がった。

「どこに行くのよ？」

「海斗のところに決まってるじゃないですか！　思い立ったが吉日！　善は急げ！　ですよ！　ここは先輩の奢りで！　今日は早退します！　いいですよね？」

「まったく、戻り過ぎよ。頑張って。成功を祈るわ」

香織が苦笑いしながら言った。

「当たって砕けろの精神で行きますよ。ご馳走様です！」

古都は握り拳を作り言うと、通りに出て空車のタクシーに手を挙げた。

3

海斗のマンションの前……古都は、エントランスから死角になるガードレールに腰を下ろしていた。

タクシーを降りてから、既に二時間が過ぎていた。

近所の住人に怪しまれないように、十五分ごとに場所を変えていた。

電話をしてもインターホンを鳴らしても、居留守を使われるのはわかっていた。

海斗に会うには、この方法しかなかった。

海斗が出てくるのは、あと一時間後かもしれないし、五時間後かもしれない。

いや、出てこないことも十分にありうる。

それでも、古都は待つ……今日、会えなかったら明日、明日会えなかったら明後日……海斗に会えるまで、毎日でも通い詰めるつもりだった。

それから五回、場所を変えた。

相変わらず、海斗が出てくる気配はなかった。

古都は、エントランスが見える位置まで移動した。

海斗が散歩に出るのを見たか、管理人に訊くか迷った。

逡巡（しゅんじゅん）しているのは、管理人が正直に答えてくれる保証はないということと、桜に連絡される可能性があるというのが理由だった。

「あの……」

背後から、声をかけられた。

振り返った古都の視線の先には、五十代と思（おぼ）しき女性が立っていた。

「間違っていたらごめんなさい。小野寺古都さん？」

女性が、薄く掠れた声で訊ねてきた。

彼女の眼の下にはクマが目立ち、憔悴した顔をしていた。

「はい。そうですけど。どちら様です……あ、もしかして……」

「海斗の母の、妙子です」

「は、はじめまして！　これまでご挨拶もできずに、申し訳ございません」

古都は、弾かれたように頭を下げた。

まさか、こんなところで海斗の母親に会うとは思わなかった。

「お母様、実は、海斗さんのことで……」

顔を上げた古都は、言葉の続きを呑み込んだ。

海斗の母親……妙子が、ハンカチで涙を拭っていた。

「あの、お母様……どうされたんですか？」

古都が問いかけると、妙子が掌で顔を覆って泣き崩れた。

「大丈夫ですか⁉」

古都は屈み、妙子の肩を抱いた。

「ごめんなさいね、取り乱してしまって……」

涙を拭きながら、妙子が立ち上がった。

「私も、お話ししたいことがあるの。いまから、少し時間あるかしら？」

「はい」

「じゃあ、行きましょう」

妙子が、マンションのエントランスに足を向けた。

「え、でも、桜ちゃんが……」

「海斗も桜もいないから、心配しないで」

足を止めずに振り返り、妙子が言った。

散歩に出ているということだろうか？

戻ってきて部屋に自分がいれば、きっと桜は怒るに違いない。

だが、もう、そんなことを気にしている場合ではない。

海斗に会うために……二人の関係をやり直すために、何時間も待っているのだから。

古都は、小走りに妙子の背中に続いた。

☆

通されたリビングルームは、二十畳はありそうな広々としたスペースだった。

オフホワイトの牛革製の長ソファ、ヨーロッパ調の白いドレッサーにチェスト、煌(きら)びやかなシャンデリア……まるで、高級ホテルのスウィートルームのような雰囲気に古都は圧倒された。

ソファに座った古都は、落ち着きなく首を巡らせた。

ドレッサーの上のフォトスタンドで視線を留めた。

外国のリゾート地のようなホワイトサンドの砂浜で、エメラルドグリーンの海をバックに記念写真に収まる四人……よく陽に焼けた長身の男性、モデルのようにスタイルのいい女性、目鼻立ちのくっきりした小学生と思しき少年、少年に似た顔立ちの幼い少女が、笑顔で写っていた。

「私が出て行く前は、年末年始は家族旅行をするのが恒例になっていたのよ。それを私が、壊してしまったの。海斗から、私のこと聞いたでしょう？　年下の男と不倫した最低の母親だって……」

古都の前にティーカップが載ったソーサーを置きながら、妙子が自嘲的に言った。

「はい。海斗さんも桜さんも、似ていますね」

古都は話題を変えた。

妙子の昔の過ちを咎めにきたのではない。

「幼い頃は、よく双子に間違われていたわ。よりによって私の報いを……あの子が受けてしまうなんて……」

妙子が涙ぐんだ。

過去の罪悪感が、息子の事故は自分のせいで起きたと彼女を苛んでいるのだろう。

妙子の精神状態が不安定になるのも無理はない。

「二人は、散歩ですか？」

重い空気に耐え切れず、古都は訊ねた。

「いいえ、違うわ。あの子達はいま……スイスよ」

「スイス⁉」

予想外の言葉に、古都は素頓狂な声で繰り返した。

「どうして、スイスに行っているんですか？」

ふたたび、妙子が顔を手で覆い号泣した。

罪の意識に苛まれただけの涙ではないと、古都は感じた。

「あの……なにか、あったんですか？」

古都は、ハンカチを差し出しながら訊ねた。

不吉な予感に、鼓動が早鐘を打った。

「あの子……海斗は、死ぬの」

妙子の涙声に、古都の思考が止まった。

「え⁉　死ぬ⁉　死ぬって、どういう意味ですか⁉　スイスに行ってることと、なにか関係があるんですか⁉」

我を取り戻した古都は、矢継ぎ早に訊ねた。

「スイスにある自殺幇助団体に……登録したのよ……」

嗚咽交じりに、妙子が言った。

「自殺幇助団体……なんですか⁉　それ⁉」

古都は身を乗り出し、血相を変えて訊ねた。

「難病を患い治癒の見込みのない人や、事故で誰かの助けがないと日常生活が送れない人……つまり、生きる希望を失った人の安楽死を手助けする団体よ」

「安楽死を手助けするって、そんなの犯罪じゃないですか！」

古都は、思わず大声を上げた。

妙子が、涙ながらにゆっくりと首を横に振った。

「日本では認められてないけど、スイスでは安楽死を幇助することは法律で認められているの。スイス国内だけで、年間千人を超える人達が登録しているらしいわ」

震える声で言いながら、妙子が用紙を差し出してきた。

「なんですか？」

訊ねながら、古都は用紙を受け取った。

「『レヒト』という名前のスイスの自殺幇助団体で、ドイツ語で『権利』を意味するの。生きる権利が認められているように死ぬ権利も認められるべきというのが『レヒト』の考えみたい。パンフレットにはあっちの言葉で書いてあるから、桜がインターネットで調べてわかりやすく日本語にまとめてくれたの」

力なく、妙子が言った。

古都は、貪るように活字を追った。

「レヒト」とは安楽死による死ぬ権利を訴え、実際に医師と看護師により自殺を幇助するスイスの団体である。

医師が作成した診断書をスイスの裁判所が許可した場合に、対象者への自殺幇助を提供する。

同団体の書類審査に通れば医師やカウンセラーと複数回の面談を行い決定する。クールダウンの時間を十分に取るように面接の間隔が空いている。

致死薬投与の直前には最終の意志確認が行われ、考え直す時間が必要かどうかを訊ねられ、最後まで自由意志で撤回も選択できるようにされている。

実行は、居心地のいい高級ホテルのような部屋でリラックスできる環境と安心感を与える幇助者のもとで行われる。

致死薬は、致死量を超える粉末状のネンブタールを一杯の水に溶かし、レンジで加熱したものにオレンジ系の濃縮果汁シロップを加えて飲みやすく味を調える。

致死薬を服用する三十分前に嘔吐(おうと)しないように強力な制吐剤を服用させる。

致死薬は苦味があり飲みにくいため、オレンジピールの入ったチョコレートを用意しておき、薬を飲んだ後に素早く口に入れて齧(かじ)る。

致死薬を摂取したクライアントは五分以内に次第に呼吸が浅くなり昏睡(こんすい)状態へと移行し、三十分以内に呼吸が停止し死に至る。

「これを受けに……」

古都の視界が、色を失った。

用紙を持つ手が震えた……心が震えた。

「今週末に現地のお医者さんと、一回目のカウンセリングがあると聞いたわ……」

妙子の声も、震えていた。

「そんな……どうして、どうしてこんなことを承諾したんですか!?」

古都は、妙子に詰め寄った。

「反対したわっ、あたりまえじゃない！　私は、海斗の母親よ！　息子が自ら命を絶つことが、平気なわけないでしょう!?　毎日説得したわ。だけど、だめだった……あの子の意志は固くて……。僕のことを思ってくれているなら尊重してくれの一点張りで……」

妙子の声が、嗚咽に呑み込まれた。

古都は、泣き崩れる妙子を見て胸が張り裂けそうになった。

妙子だって、つらいに決まっている。

言葉通り、時間をかけて話し合い、説得したに違いない。

それでも、説得できなかった。

「あの子は成人だし、母親の許可がなくても現地の医師の許可があれば自殺幇助を合法的に受けられるの……だから、思い止まるように海斗を説得するしかなかった……」

妙子が、虚ろな視線をティーカップに落として独り言のように呟いた。

「桜ちゃんは、止めなかったんですか!?」

「お兄ちゃんの気持ちを優先してあげてほしい……桜は、そう言ったわ。私に話す前に、海斗は桜に気持ちを打ち明けていたみたい。二人で、長い時間をかけて話し合ったんでしょう。幼い頃から、あの二人は双子みたいにいつも一緒だった。お兄ちゃんのあとを妹がついて回るという感じではなくて、互いに支え合っているようだった。イジメにあったとき、なにかに迷ったとき、桜は真っ先に海斗に相談していた。街でスカウトマンに声をかけられたとき、SNSで批判されたとき、いつまでモデルを続けるか、海斗も真っ先に桜に相談していた。だから、今回の件も海斗が最初に桜に打ち明けたのは、驚くことじゃなかった。それに、私が家を飛び出してからは海斗が桜の母親代わり、桜が海斗の母親代わりとして互いに支え合ってきたのよ。あの子達の絆が兄妹以上になったのは、私のせいよ。それがいまさら急に母親顔して説得しても、海斗が耳を貸すはずがないわ」

妙子が自嘲した。

――本当に兄のことを想ってくれているなら、今度こそ、もう二度と会いにこないでください。

不意に、脳裏に桜の声が蘇った。

桜の人が変わったようになったのは、海斗を守ろうとしているからに違いない。

命ではなく、海斗の意志を……。

「改めて、訊かせてください。お母様は、自ら海斗さんが命を絶ってもいいんですか？」

「いいわけないでしょう……でも、なにを言ってもあの子の決意を変えることができないのよ……」

妙子がうなだれた。

「わかりました。私が変えます」

「え……」

古都が言うと、妙子が涙に濡れた顔を上げた。

「私が、海斗さんを説得します！」

古都は、力強く宣言した。

「だけど、海斗はいまスイスよ」

「はい。すぐに、スイスに発ちます。最初に海斗さんと出会ったのも、スイスなんです」

密着取材の許可を取るために古都が、海斗が宿泊しているルツェルンのホテルに直談判に乗り込んだのが初めての出会いだった。

まだ、二年も経っていないことなのに、海斗との出会いが十年も前のような出来事に思えた。

まるで、二人の出会いからの月日の流れは、ハリケーンが吹き荒れたようだった。

一瞬で、建物も木々も車も呑み込まれ破壊され……。

出会った頃は、あの憎らしいほどの自信に満ちた海斗が、失意の底で死を選択しようとするなど夢にも思わなかった。

「気持ちは嬉しいけれど、そのときとは事情が違うのよ。説得どころか、会って貰えない可能性だってあるわ」

「それでも、スイスに行きます。桜ちゃんは、海斗さんの意志を尊重し受け入れることが愛だと思っているのかもしれないけど、否定し拒絶する愛もあるはずですから」

古都は、きっぱりと言った。

桜を非難しているわけではない。

しかし、海斗に自殺を思い止まらせるために桜と対立しなければならないのなら、退くつもりはなかった。

たしかに、身体の自由が利かなくなった海斗の心痛は五体満足の古都にはわからない。

人の助けがなければトイレにも行けない生活は、想像を絶するストレスに違いない。

古都の何十倍もの年月を共にしてきた桜は、一卵性双生児のように海斗の苦痛を体感できるのだろう。

だからこそ、人生に終止符を打ちたいという海斗の望みを叶えようとしている……それが最愛だと信じている。

自分は桜ほど海斗のことを知らないし、桜ほど海斗の苦痛に共感できていないのかもしれない。

だが、どんな理由があっても自ら命を絶っていいはずがない。

古都は信じていた。

神様がこの世に授けてくれた生には、必ず大きな意味がある、と。

「ありがとう……どうか……あの子を思い止まらせて……」

妙子が震える声音で言いながら、古都の手を取り頭を下げた。

「お母様。そんなこと、やめてください。私は、恋人として当然のことをするだけですから」

「情けない話だけど、あなたが頼りよ。海斗を……お願いします」

顔を上げた妙子が、潤む瞳で古都をみつめた。

「任せてください！　絶対に、海斗さんを日本に連れて帰りますから！」

自らを鼓舞するように、古都は笑顔で胸を叩いて見せた。

気を抜けば、涙が溢れてしまいそうだった。

古都は決めた。

もう二度と、涙を流さないことを。

負のスパイラルから海斗を救い出そうとしている自分が、哀しみに暮れている暇はない。

押しつけだと迷惑がられても、無神経だと罵られても、古都は呆れるほどに前向きな姿勢で海斗と桜にぶつかるつもりだった。

前に、前に……海斗が生きる気力を取り戻すまで、絶対に退く気はなかった。

「せめて、旅費は私に出させてね」

「いえ、お気遣いなく。お母様のためであると同時に、私のためでもありますから」

「遠慮しないで……」

「本当に、大丈夫です。遠慮しているのではなく、自分のお金で行きたいんです。それより、海斗さんの宿泊先を教えて頂けますか？　航空券が取れたら、明日には発とうと思っています」

「明日⁉　仕事とかご家族とか、大丈夫なの⁉」

妙子が、驚きの表情で訊ねてきた。

「大丈夫です。万が一、大丈夫じゃなくても大丈夫にします。海斗さんの命がかかっているんですから、一刻の猶予もありません」

古都は、微塵の迷いもなく言った。

言葉通り、海斗の命以上に優先するべきものはほかにない。

「お気持ちは凄くありがたいけれど、あなたに迷惑をかけるわけにはいかないわ。まずは、会社のほうとご両親にきちんと話して理解を得てからのほうがいいわ。それに、海斗はこれから一回目の面談で、三週間程度は間隔を空けながら最低でも四、五回は受けなければならないから、もし、決意が変わらないとしても実行日はまだ先の話……」

「いいえ、その日がたとえ一年後であっても、明日発ちます。一度や二度の説得で海斗さんの気が変わるとは思えないし、会うのは早ければ早いほどいいです。なにより、私がそうしたいんです。一秒でも早く海斗さんに会いたい……それが正直な気持ちです」

本音だった。

海斗の顔を見たい……海斗の声を聞きたい。

可能なら、明日と言わずに今日にでもスイスに渡りたかった。

「そこまで思ってくれて、息子も幸せね。じゃあ、古都さんの言葉に甘えてもいいかしら？」

涙は涸れていたが、妙子の瞳の奥には底なしの哀しみの色が湛えられていた。

「もちろんです。さっきも言いましたけど、お母様のためであると同時に私のためでもあるんです。だから、気にしないでください。海斗さんは、ホテルですか？」

「そうよ。ルツェルンのホテルに泊っているわ。でも、桜が一緒だから、会うのが大変かもしれないわね。古都さん、ここにも何度か足を運んでくれたのよね？　桜が言っていたわ。私がいないときに訪ねてきても、絶対に海斗に会わせないでほしいってね。あの子に、追い返されたんでしょう？」

古都は頷いた。

「ずいぶん、失礼な態度を取ったでしょう？　悪く思わないでね。娘だから庇うわけじゃないけれど、あの子は大嫌いな虫が部屋に入り込んでも殺せずに外に逃がしてあげるような心の優しい子よ。海斗のために、自分が悪者になると決めたんだと思う。海斗につらい思いをさせたくない、恥をかかせたくないという一心で必死になっているの」

妙子が、申し訳なさそうに言った。

「そんなふうに思っていません。桜さんの気持ちは、わかっています。でも、海斗さんを連れ戻すのに彼女の存在は大きな障害になります。ごめんなさい、こんな言いかたをして」

古都は詫びた。

だが、言葉に嘘はなかった。

スイスに海斗を追いかけてきたと知れば、桜との衝突は避けられなかった。

突然立ち上がった妙子が、深々と頭を下げた。

「お母様……」

反射的に、古都も立ち上がった。

妙子の肩が、小刻みに震えていた。

テーブルに、滴が落ちて弾けた。

古都は、妙子の手をそっと取った。

涙に濡れた顔でみつめる妙子に、古都は笑顔で頷いて見せた。

第三章

1

ルツェルン湖の畔を、古都は懐かしみながら歩いた。

湖面に浮く白鳥の番、湖畔で肩を寄せ合い座るカップル、対岸に望むリギ山……海斗と出会った頃の思い出の風景が、古都の胸を鷲摑みにした。

小さなキャリーケースに最小限の荷物を詰め込み、早朝の便で日本を発った。

——明日スイスに!? 今日は、エイプリルフールだっけ!?

海斗の家を出た古都は、航空券の予約をしたあとに香織に電話を入れた。

本当は会って報告するべきだが、時間がなかった。

——勝手に決めて、申し訳ありません。

——あなたがそう決めたからには、相当な理由があるんでしょう。もしかして、海斗君が絡んでいるの？

——はい。スイスに療養に行っているとお母様から聞きましたので……。

香織に嘘を吐くのは心苦しかったが、真実を打ち明けるわけにはいかなかった。

——わかった。これ以上、詮索しないわ。みんなには「バーグ」の支社を出すための視察出張とでも言っておくから、こっちのことは気にしなくていいわ。

「バーグ」は、来年、フランスかイタリアに支社を出す予定だった。

——でも、私が行くのはスイスですけど。

——そんなの、言わなきゃわからないでしょう？　それに、どっちにしても視察に行くわけじゃないんだしさ。

寛大な香織の配慮に、古都の罪悪感が悲鳴を上げた。

──ありがたいお言葉ですけど、一週間や二週間で戻ってこられるとは約束できませんから休暇扱いにしてください。

場合によっては、一ヵ月を超える可能性もあるのだ。

──出張で無理なタイミングには、有給に切り替えるから。とにかくあなたは、海斗君のことに専念して。

「失礼ですけど、日本人の方ですか？」

女性の声に、古都は記憶の扉を閉めた。

足を止め振り返ると、よく陽灼けしたショートヘアで丸顔の女性が古都の背後に立っていた。

円らな瞳を持つ童顔の女性は、洒落たフラワーストローハットを被り、紺のワンピースに白のリュックを背負っていた。

「はい、そうですけど」

「ああ～よかった～。ホテルの場所もわからないし言葉も通じないし、どうしようかと思っちゃった」

急に女性の言葉遣いが砕けたものになり、人懐っこく破顔した。

「どちらのホテルに行く予定ですか？」

「シュヴァ……シュヴァ……ええっと、なんだったっけかな」

「もしかして、『シュヴァイツァーホフ』ですか？」

古都は、助け船を出した。

「ああ！　それそれ！　その、シュヴァなんとかってホテルよ！」

女性が胸前で手を叩き、興奮気味に言った。

「あれです」

古都は、三、四十メートル先に聳えるホテルを指差した。

「あらやだ！　もう目と鼻の先だったのね！」

あたりを憚らずに大声で笑う女性を、通り過ぎた欧米人らしき婦人が驚いたような顔で振り返った。

不思議と、恥ずかしいという思いはなかった。

むしろ、屈託のない陽気な性格に親近感さえ覚えた。

前回、海斗の密着取材で香織とスイスにきたときの古都は、好奇心に胸を高鳴らせた無邪気な新人ライターだった。

「私も『シュヴァイツァーホフ』に向かっていたので、よかったら一緒に行きましょう」

「あらっ、お姉さんもシュヴァなんとかに泊るの!?　このホテル、五つ星の最高級ホテルなんだって!?」

歩きながら女性が、興奮気味に言った。

「格式が高い評判のいいホテルですよ。友人が宿泊しているんです」

海斗に密着取材を頼むために古都が直談判（じかだんぱん）しに行ったのが、宿泊先の「シュヴァイツァーホフ」だった。

皮肉にも、自信に満ち溢（あふ）れていたときに泊っていたのと同じホテルで、海斗は死を迎えようとしている。

「あ！　わかった！　彼氏でしょ⁉」

女性が、大声を張り上げた。

「え……あ、いえ……」

古都は、曖昧（あいまい）に言葉を濁した。

「図星だ。ねえねえ、彼氏さんはいくつ？」

名前さえ知らない会ったばかりの女性が、まるで姉妹か親友のようにズケズケと踏み込んでくることに不思議と嫌な気はしなかった。

理由は、女性の人柄だ。

彼女と話していると、前向きな波動が伝わってくる。

これから古都がやらなければならないことを考えると、女性のポジティヴさは助かった。

「二十五です」

「若い！　っていうか、あなたも若いんだからあたりまえよね。私なんてもう、三十五歳だからさ」

　女性が、肩を竦めた。

「三十五なんて、まだ若いじゃないですか。着きましたよ！」

「わお！　お城みたい！」

　エントランスの前で足を止めた女性が、瞳を輝かせた。

「行きましょう」

　古都は、女性を促しておきながら足が動かなかった。

「どうしたの？」

　女性が、怪訝そうに古都の顔を覗き込んできた。

「あ……ごめんなさい。格式高いホテルだから急に緊張しちゃって」

　古都は、曖昧にごまかした。

「へぇ、意外！　あなた、緊張するように見えないのに」

　女性が笑った。

「私も意外です」

　古都は冗談めかして返し、エントランスロビーに入った。

「Guten Abend」

　レセプションカウンター越しに、品のよさそうなロマンスグレイの紳士が笑顔を向けてきた。

「誰!?　あのおじさん？　私達に、なにか言ってるわよ？」

女性が、古都の腕を取り動転した様子で言った。

「Guten Abend!　彼はレセプションクラーク……チェックインを担当する人で、こんばんは、って声をかけてきたんですよ」

古都はレセプションクラークに挨拶を返し、女性に説明した。

「凄い！　グーテンって、何語？」

「ドイツ語です」

「え？　スイスなのにドイツ語？」

女性が怪訝そうに訊ねてきた。

「ちょっと、座りません？」

古都は、女性をロビーのソファに促した。

「あ、自己紹介まだだったわね。朝倉真子。よろしくね」

女性……真子が笑顔で右手を差し出した。

「小野寺古都です。よろしくお願いします！」

古都は、真子の右手に右手を重ねた。

ハッとするほど、女性の手は冷たかった。

「古都ちゃんか。みかけもびっくりするほどの美人さんだけど、名前も素敵ね」

言うと、真子がカウチソファに腰を下ろした。

真子の対面のソファに、古都も座った。

「私なんて、名前負けしています。それよりさっきの話の続きですが、スイスは地域によって言語が違って、ルツェルンはドイツ語圏なんです」

「古都ちゃんって、スイスのこと詳しいのね」

「全然です。私、ファッション誌のライターをしていて、前に取材できたんですけど右も左もわからなくて、大変な思いをしたんですよ。だから、日本に帰ってからはスイスのことをめちゃめちゃ調べて、英語とフランス語を重点的に、ドイツ語は齧る程度に勉強しました。だから、ドイツ語は挨拶を聞き取るくらいがギリギリです」

古都は笑いながら言った。

それまで微笑みを絶やさなかった真子が、真顔で古都をみつめていた。

「……どうかしましたか？」

「あ、ごめん、ごめん。じっとみつめて、気持ち悪いよね。古都ちゃんが、眩しいな、と思って」

笑顔を取り戻した真子が言った。

「え？」

「私も、アクティヴにエネルギッシュに、キラキラ輝いている古都ちゃんみたいに生きたかったたな」

「朝倉さんのほうが、アクティヴにエネルギッシュにキラキラ輝いてますよ！」

本音だった。

真子を見ていると、生命力のようなものを感じた。

「真子でいいよ！　まあ、私の場合、キラキラじゃなくてギラギラだけどさ。たしかに前向きで行動力があることが私の取り柄で、今回のスイス旅行も一週間前に思いついて衝動的に決めたの。スイスの予備知識なんてほとんどなくて。去年、両親をグアムに連れて行くときにパスポートも作っていたし。私ね、スイスのことフランスの一部だと思っていたのよ」

真子が楽しそうに語り、胸前で手を叩いて笑った。

「なぜ、スイスに行こうと思ったんですか？」

率直な疑問を口にする古都の視線は無意識にロビーに漂い、車椅子の日本人を捜していた。

この建物の中に海斗がいると思うと、胸が震えた。

「写真や映像で見る大自然が、私の中で天国のイメージに近いから。それが理由かな」

天国、という真子の言葉が胸に刺さった。

彼女に悪気がないことはわかっていたが、古都の心が敏感に反応していた。

「たしかに、スイスには素敵な観光地が多いですよね。ところで、真子さんは一人できたんですか？」

古都は、素朴な疑問を切り出した。

「うん、そうだよ。さっきも言った通り、衝動的な旅行だから」

「あの、もしよかったら、チェックインのお手伝いしましょうか？　日本語は通じないし、大変だと思いますから」

「え⁉　いいの⁉」

真子の顔が輝いた。

「はい。私もたいした語学力じゃないですけど」

「ううん、助かるわ。私も、どうしようって思っていたところなの。ガイド代、いくらお支払いすればいいかしら？」

声を弾ませつつ、真子が財布を取り出した。

「そんなこと、やめてください。私がお力になりたいと思っただけですから」

気を遣わせないための方便ではなかった。

真子には、人を惹きつけるなにかがあった。

「ありがとう。お言葉に甘えるわね。じゃあ、夕ご飯をご馳走するわ。それなら、いいでしょ？」

「もちろんです！　でも、このあとの予定次第で時間が読めないので、こちらから連絡します。連絡先、交換して貰っていいですか？」

「そっか、ディナーは彼氏とのほうがいいよね？　ＬＩＮＥでいい？」

屈託のない笑顔で言いながら、真子がＱＲコードを表示させたスマートフォンを差し出してきた。

「今夜は、彼氏とは食事に行きません。時間のタイミングさえ合えば、ぜひ、真子さんと食べたいです」

古都は、真子のスマートフォンに自分のスマートフォンを重ねてQRコードを登録した。

「嬉しいこと言ってくれるじゃない。わかった。じゃあ、とりあえず古都ちゃんからの連絡を待ってればいいのね？」

「はい。でも、その前に、チェックインを済ませましょう」

古都はソファから立ち上がると、真子を促しレセプションカウンターに向かった。

☆

チェックインを済ませたあとに、真子を部屋に送り届けた古都はロビーに戻りエレベーター近くのソファに座った。

妙子は、桜から部屋番号を聞かされていなかった。

車椅子の海斗は移動に必ずエレベーターを使うので、根気よく待っていれば必ず会える。

スイスにきた目的は、海斗と会い、日本に連れ戻すため以外にないのだから、たとえ十時間でも二十時間でも待つつもりだった。

ホテルのスタッフに疑われないように、古都も「シュヴァイツァーホフ」に宿泊していた。

宿泊客ならば、長時間ロビーにいても不審に思われることはない。

古都は、スマートフォンのデジタル時計に視線を落とした。

ＰＭ５：30。

チューリヒ空港に到着したのが日本時間の午後十一時過ぎ……日本との時差はマイナス八時間なので、現地時間では午後三時台だった。

真子と別れてから、三十分が経っていた。

古都はチェックインを済ませていたが、部屋には寝るときしか戻るつもりはなかった。

一分でも早く、海斗と会いたかった。

必ず桜がついているだろうが、今度ばかりは古都も退くわけにはいかない。

海斗の命がかかっているのだ。

「あれ？　もう、彼氏さんとは会ったの？」

階段から下りてくる真子が、手を振りながら駆け寄ってきた。

「いいえ、まだですけど……どこかにお出かけですか？」

「せっかく十何時間もかけて異国にきたんだから、あちこち見て回ろうと思ってね」

「スイスの治安はいいですけど、それでも日本みたいなわけにはいかないので、もしよかったら私が案内しましょうか？」

古都は席を立ち、真子に言った。

「いいのいいの、小学生の子供じゃないんだから。古都ちゃんは心配しないで、彼氏との再会を楽しんで！　今日はバタバタしているだろうから、食事は明日でもいいわよ」

「あと一時間くらいしたら、連絡します。ここで合流しましょう」

食事を明日に延ばしたところで、海斗が今日現れるという保証はない。

「わかった。じゃあ、適当にそのへんを散策してくるから」

「本当に、すみません。七時までには……」

古都は言葉の続きを呑み込んだ。

エレベーターから、桜に車椅子を押された海斗が現れた。

「どうしたの？」

真子が、古都の視線を追いながら訊ねた。

「ごめんなさい、やっぱり明日にして貰ってもいいですか？　あとで連絡します」

一方的に言い残し、古都はエレベーターのほうに駆けた。

古都を認めた海斗と桜が、ほとんど同時に驚きに眼を見開いた。

「古都さん……どうして……」

桜が、掠れた声を絞り出した。

「海斗、私と日本に帰りましょう」

古都は、桜を無視して海斗に語りかけた。

海斗の頬は、日本にいるときに比べてげっそりとこけていた。

瞳には力がなく、生気を感じられなかった。

「勝手なことを言うのは、やめてください」

桜が、強い口調で言った。

「本気で、『レヒト』とかいうところで死ぬつもりなの？」

溢れそうになる涙を堪えた——漏れそうになる嗚咽を堪え、毅然とした口調で海斗に問いかけた。

もう、泣かないと決めていた。

海斗を支えるには、強くあらねばならない。

そう、桜のように。

だが、古都が支えて導く先は死ではなく生きる道だ。

海斗は、無言で眼を閉じた。

なにかを考えてそうしているのではなく、古都を視界から消したという感じだった。

「こんなところにまで押しかけてきて、非常識な人ですね。どこまで、兄を苦しめれば気が済むんですか？」

桜が、海斗の盾になるように古都の前に立ちはだかった。

「桜ちゃん。海斗をスイスで安楽死させるなんて、間違ってるよ。頼むから、思い直して」

強い意志を宿す瞳から逃げずに、古都は桜を見据えた。

「どうして、古都さんにそんなことがわかるんですか？　それは単なる、あなたの願望じゃないですか」

「願望でもなんでも、だめなものはだめよっ。海斗。残された人の気持ち……あなたがいなくなったら、お母様はどうなるの？　日本を発つ前に、お母様に頼まれたの。息子を説得してくださいって……」

古都は腰を屈め、瞳に祈りを込めて海斗をみつめた。

自分の思いで海斗の氷結した心を溶かせなくても、母親の愛は特別のはずだ。

眼を開けた海斗は表情を変えず、古都と視線を合わせずに宙の一点をみつめていた。

「お母様、泣いていたわ。私のためとは言わない……お母様のために、日本に帰ろう？　ね？」

古都の声が聞こえないとでもいうように……姿が見えないとでもいうように、海斗は無反応だった。

「ちょっと、待っててね」

桜が海斗に言い残し、五、六メートルほど離れた場所に古都を促した。

「母のことまで持ち出すなんて、自分の思いを貫くためなら手段を選ばない人なんですね」

桜が、怒りを押し殺した声で言った。

「ええ、海斗を思い止まらせることができるなら、なんだってするつもりよ」

古都は、桜から視線を逸らさずに言い切った。

「古都さんは、残酷な人ですね」

桜の瞳には、軽蔑の色が宿っていた。

「私が残酷？」

「兄が、母の気持ちを考えていないと思いますか？　母を哀しませることに、胸を痛めていないと思いますか⁉」

桜がうっすらと涙ぐみつつ言った。

「母とはいろいろありましたし傷つけられもしましたが、兄は過去を水に流し母を受け入れました。そんな優しく寛容な兄が、どんな思いで今回の決断をしたか、あなたにわかりますか⁉　母を哀しませるとわかっていても……とんでもない親不孝だとわかっていても、この決断を選択するほどに兄が苦しんでいることがわからないんですか⁉」

桜は声のトーンこそ落としているが、瞳と口調から悲痛と怒りがひしひしと伝わってきた。

「もちろんわかってるわ。だからといって、自ら命を絶つことを認める理由にはならないわ」

古都は、海斗の葛藤を考え怯みそうになる心に鞭を打ち奮い立たせた。

「これ以上、古都さんと言い争う気はありません。では、失礼します」

一方的に言うと、桜は踵を返し海斗のもとに戻った。

車椅子を押し、エントランスから出る桜の背中を古都は見送った。

思い直して、足を踏み出した。

ここで諦めたら、なんのためにスイスにきたのかわからない。

ルツェルン湖に臨むホテルの前の歩道——古都は桜を追い抜き、海斗の前に回り込んだ。

「いい加減にしないと、警察を……」

「なにを言われても、僕の気持ちは変わらない。そっとしておいてくれないか」

桜の言葉を遮り、海斗が古都と視線を合わさずに言った。

「周りに迷惑をかけたっていいじゃないっ。お母様も私も、それでも海斗に生きてほしいと思っているわ！　桜ちゃんだって、そうよね？　本当は、海斗に生きてほしいと思っているんでしょう⁉」

予期せぬ質問に、桜の顔が強張った。

こんなことを訊くのは、残酷だとわかっていた。

妹が、兄の死を望んでいるわけがない。

兄の絶望に寄り添うことを決めた末の言動――自分の気持ちを押し殺すことを、妹は決意したに違いない。

桜の本心を聞けば、海斗は心を動かしてくれるかもしれない……藁にも縋る思いで、古都は桜に残酷な質問をぶつけた。

「いいえ」

桜の言葉に、古都は耳を疑った。

「桜ちゃん、自分の心を偽らないで……」

「偽ってなんかいません」

古都を遮り、桜が言った。

「誰よりもお兄さん思いのあなたが、そんなわけないでしょう⁉」

「兄の願いは、私の願いです。気持ちを、偽ったりしていません。これが、私の本心です」

桜が、古都をまっすぐに見据えた。

「あなたは、本当にそれでいいの？　本当に、海斗を死なせてもいいの⁉」

「何度も言わせないでください。兄の願いが、私の願いです」

桜が、無表情に繰り返した。

「桜ちゃん……」

海斗が、初めて古都に視線を向けた。

「もう、やめてくれないか」

古都は、思わず息を呑んだ。

古都に向けられた海斗の瞳は、ガラス玉のように無機質で一切の感情が窺えなかった。

「これ以上、妹を責めないでほしい。悪いのは僕だ。君が正論を言えば言うほど、僕も妹も苦しくなる。行こう」

海斗が、瞳同様にまったく感情の籠らない声音で言うと桜に視線を移した。

促された桜は、海斗の車椅子を押し湖岸のほうへと渡った。

「海斗……」

追いかけようとしても、脳裏に浮かぶ海斗の無機質な瞳が古都の足を止めた。

車椅子を押す桜の背中が、小さくなるのを古都は呆然と見送った。

背後から、肩を叩かれた。

振り返ると、真子が立っていた。

「やっぱり、ご飯、今日にしよう」

真子が、笑顔で言った。

2

「この世に、こんなにおいしいお肉があったことを三十五年間知らなかったなんて、損した気分！」

真子が鴨のロースト肉を頬張り、弾む声音で言った。

古都と真子は、ルツェルン旧市街のドイツ料理のレストランでディナーを摂っていた。

真子はグラスの赤ワインと、ダックとポテトのダンプリング、古都は中ジョッキのドイツビールとグリルソーセージの盛り合わせを注文していた。

本当は食事する気分ではなかったが、飲み物だけで済ませるのはレストラン側に申し訳ないので古都も注文していたが、一口も口をつけていなかった。

「このポテト、プルンプルンしていて白玉みたい」

真子が、フォークに刺したポテトのダンプリングを見て眼を丸くしていた。

「それにしても、凄い量だわ。大食漢の私でも、ギブアップしちゃいそう」

言葉とは裏腹に、真子が嬉々とした顔でポテトのダンプリングをみつめた。

ドイツはポテトが主食なので、日本のサイドメニューの感覚で注文したら驚くことになる。

「やっぱり、古都ちゃんが一緒でよかったわ。私一人だったらこんな暗号みたいなメニューの文字、絶対に読めないもの。無理言って、ごめんね」

古都は、真子に微笑みを返した。

それが、精一杯の精神状態だった。

古都はビールのジョッキを傾けた。


——これ以上、妹を責めないでほしい。悪いのは僕だ。君が正論を言えば言うほど、僕も妹も苦しくなる。


記憶に蘇る海斗のガラス玉の瞳が……無感情な言葉が、古都の胸を締めつけた。

古都は、虚ろな瞳でジョッキの三分の一ほどに減ったビールをみつめた。

こうなることは、わかっていた。

それでも、首に縄をつけてでも日本に連れ帰るつもりだった。

しかし、いざ、海斗の変わり果てた姿を目の当たりにしてしまうと、あまりのショックに心が折れそうになり深追いできなくなってしまう。

「Ich will noch ein Bier」

古都は、ドイツ語で担当の男性スタッフに告げた。

これで、三杯目だった。

「いま、なんて言ったの？」

真子が、興味津々の顔で訊ねてきた。

「ビールをお代わりしたんです」

「古都ちゃんって、みかけによらずイケる口なんだね。でも、お腹になにか入れないと身体に毒よ」

真子が、冷めたグリルソーセージを見ながら言った。

「なんだか、食欲がなくて……」

古都は、曖昧な笑みを浮かべた。

「さっきの車椅子のイケメンが彼氏？」

唐突に、真子が訊ねてきた。

「え……」

「ごめん。ホテルのロビーのときから全部見ていたんだ」

「そうだったんですね……」

古都は、力なく言った。

「話の内容からして、彼氏さんは『レヒト』に登録したのかな？」

見た。

「え!?　『レヒト』を知っているんですか？」

思わず、古都は大声で訊ね返した。

隣のテーブルで妻と思しき婦人と食事をしていた白人の老紳士が、眉を顰めて古都を見た。

「Es tut mir leid」

古都は、老紳士に声を潜めて詫びた。

「うん、合法的に安楽死できるところでしょう？　あ……ごめん、そんな言いかたしちゃって。デリカシーなかったよね」

真子が、慌てて顔前で手を合わせた。

「いいえ、大丈夫です。本当のことですから。それより、真子さんがどうして『レヒト』を知っているんですか？」

古都は、率直な疑問を口にした。

「前に、テレビでやっていたのを観たことあるから。ほら、日本では安楽死は認められてないでしょう？　だから、余命宣告された人や介護なしでは生きてゆけない人の中には、『レヒト』に登録している人もいるんだって。討論形式の番組だったから、肯定派一人と否定派四人が持論をぶつけ合ってさ。でも、日本の番組だから肯定派は惨敗だったわね。日本は、自死はまだまだ受け入れられることじゃないから」

真子が、肩を竦めた。

「真子さんは、肯定派なんですか？」

無意識のうちに、語気が強くなっている自分がいた。

「う〜ん、どうだろう……強いて言うなら、中立派かな」

真子が言いながら、肉塊を頬張った。

「中立派……ですか？」

古都は、怪訝そうに真子の言葉を繰り返した。

「うん。だってさ、余命数ヵ月の病に罹り、完治は見込めず、一日ごとに身体中が蝕まれ、痛み止めも効かないほどの激痛に苛まれ、家族に金銭的、労力的負担をかけ続けて……これで病が治る可能性が皆無とお医者さんに言われた人が安楽死を考えても、私は責めることはできないな」

真子が、幸せそうな顔で肉を食べる様と不似合いなたとえ話を口にした。

「私も、もし、自分がそうなったら、死にたい、と思うかもしれません。だけど、それと、実際に安楽死を受け入れるのとは話が違います」

古都は、海斗を思い浮かべ力強く言い切った。

「なにが違うの？」

真子が、幼子のように無邪気な顔で訊ねてきた。

「自分がそうなるかもしれないからといって、安易に安楽死を肯定するのは危険だと思います」

「なぜ危険なの？」

真子が、相変わらず無邪気な顔で質問を重ねた。

「なぜって……天から授かった命に無駄なものなんて、一つもないと思うんです。八十年の命も、二十年の命も、どれだけ生きたかじゃなくて、どんなふうに生きるかが大事だと感じています。なんだか、青臭くてすみません」

笑われるかもしれないと覚悟していたが、真子はナイフとフォークを持つ手を止め、真剣な表情で古都の話に耳を傾けていた。

「ううん、私も同感よ。ただ、そう思えるようになるまでには相当な葛藤があるだろうし、思えない人のほうが多いと思うの。だから、私は中立派よ。でも、皮肉なものね。余命があることに絶望し死を望む人間と、余命がないのに希望を抱いて生を望む人間がいるなんて」

真子が、しみじみとした口調で言った。

「そうですね……」

海斗にとって、長生きすることは地獄……。

もしかして自分の行為は、海斗の胸中を察するよりもエゴを押し通しているだけなのか？

古都は、ため息を吐いた。

「古都ちゃんの彼氏と私は逆ね」

不意に、真子が言った。

「どういう意味ですか？」

「余命がないのに希望を抱いて生を望む人間……私のことよ」

　真子が、屈託のない笑顔を古都に向けた。

「え？」

　突然の告白に古都は、すぐには真子の言葉の意味がわからなかった。

「こう見えて私は、ステージ４の末期癌患者なんだよ。二ヵ月前に余命半年って宣告されたから、残り四ヵ月ってところかしら」

　あっけらかんと、真子が言った。

「嘘……」

　古都はジョッキを運ぶ手を止め絶句した。

「そう見えないでしょう？　髪の毛はウイッグで肌は陽灼け色のファンデーションを塗って健康的にしているの」

　真子が悪戯（いたずら）っぽい表情で笑った。

「一人でスイスにきて、大丈夫なんですか？」

　我を取り戻した古都は、不安を口にした。

「無謀よね。両親にも反対されたわ。でも、最後のわがままを通させて貰ったの。実を言うとね、私も『レヒト』に登録しようと思って調べたことがあるのよ」

「え……」

古都は言葉を失った。

「自分のかかりつけの病院の診断書を提出して書類審査に通れば、『レヒト』の医師と何回か面接して、それでも意志が変わらなかったらオレンジ濃縮果汁シロップを混ぜて飲みやすくした致死薬を……あ、やだ、私ったら。私の説明を聞かなくても、古都ちゃんだって調べたんだよね」

真子が、バツが悪そうに言った。

「もしかして……それでスイスへ？」

古都は、恐る恐る訊ねた。

「ううん、『レヒト』には登録しなかったわ」

「じゃあ、なぜですか？」

「発想の転換ってやつかな」

「発想の転換？」

「うん。たとえば、お酒は身体に悪いから禁酒しようって発想もできるけど、逆に、楽しい気分になり素晴らしいひとときを送れるって考えもできることに気づいたの。余命半年に絶望して安楽死を選ぶか、余命半年だからこそいままでできなかったことをやり尽くすつもりで生きるか……私は、後者を選んだわ。だって、どっちにしても死ぬのなら、一日でも長生きして楽しいことやったほうがよくない？　私、気づいたの。『レヒト』に登録申請してから審査が通ったとして、安楽死の実行日に至るまでの平均日数は四ヵ月から五ヵ月かかるんだって。実行日までの期間を空けるのは、冷静になって自死を思い止まる可能性を高くするのが狙いよ。たった一、二ヵ月早く死ぬために高いお金を払って労力使うのは馬鹿らしい……それなら、やり残したことにお金を使うほうが遥かに楽しいって考えになるのも当然でしょ？」

真子の問いかけに、古都は思わず頷いていた。

自死や安楽死を、そういうふうに考えたことはなかった。

たしかに、発想の転換だ。

「でも、その発想の転換は私みたいに余命が短い人には当てはまるけど、あなたの彼氏さんみたいなケースの人には難しいでしょうね。私の場合はどっちにしても半年しかないから開き直ることもできるけれど、彼氏さんの場合は残された時間がたっぷりとある。それも、望まない地獄の時間がね」

「じゃあ、真子さんが私なら、海斗の意志を尊重するっていうことですか？」

「難しい質問ね。彼女の立場なら絶対に彼氏を死なせたくないだろうし、だからといって彼氏の代わりにはなれないし。私が中立派と言ったのは、視点によって状況は変わるからよ」

「視点ですか？」

「うん。ほら、動物のドキュメンタリー番組でさ、ライオンに追われるシマウマの視点で観れば逃げろ、と思うし、飢え死にしそうな子供のために必死にシマウマを追うライオンの視点で観れば捕まえろ、と思うのと同じ。どっちが悪でどっちが善でもない、視点によってそれは決まるものなのよ」

真子が、古都に微笑んだ。

「つまり、私の視点だと安楽死を否定するのが善で肯定するのが悪、海斗の視点だと逆……そういうことですよね？」

「そうね。古都ちゃんが間違っているとは言えないし、彼氏さんが間違っているとも言えない。これは、一概に決めつけられない問題だと思うの。もし、古都ちゃんが彼氏さん……海斗君の立場だったらどうする？」

唐突に、真子が訊ねてきた。

「海斗の苦痛はわからないし想像もできないから無責任なことは言えませんけど、一つだけわかっているのは絶対に自ら命を絶たないということです」

古都は、迷いなく言い切った。

「そっか。古都ちゃんなら、どんな困難にもめげずに立ち向かって打ち克ちそうだもんね。何度倒しても立ち向かってくるボクサーみたい。敵に回したくないタイプだわ」

真子が陽気に笑った。

「真子さんなら、どうしますか？」

古都は訊ねた。

「わからない」

「三十年、四十年、五十年……残された年月の間に前向きになれるかもしれないし、なれないかもしれない。少なくとも私には、古都ちゃんのように絶対に死を選ばないと言い切れるほどの自信がないわ。と言いながら、酒を喰らう女」

真子が即答した。

真子がウインクし、赤ワインを一息に呷った。

「真子さんのほうが……」

古都は言いかけて、言葉の続きを呑み込んだ。

「私がなに？」

「あ、いえ……なんでもありません」

私なんかより、よほど強いです。

呑み込んだ言葉を、心で紡いだ。

余命半年と宣告された身で、残された時間を明るく前向きに精一杯生きる真子……彼女と同じ立場になったら、同じように前向きになれるだろうか？

そんな真子でさえ、海斗の境遇になったら自信がないという現実が古都を複雑にさせた。

「妹ちゃんは、肯定派みたいね」

「はい。桜ちゃんは、海斗の気持ちを尊重して受け入れています」

古都の声は、無意識に沈んでいた。

桜のことは、対立する関係になっても憎めない。

彼女は彼女なりの兄への愛で、死を受け入れているのだ。

「古都ちゃんも、妹ちゃんもお互いにつらいわね」

古都に向けられた真子の瞳は、とても温かなものだった。

「私、どうしたらいいですか？」

思わず口にした言葉に、古都は驚きを隠せなかった。

海斗の命がかかっていることを、他人に相談するなどありえなかった。

僅(わず)かに残された命の重みに向き合っている真子だからこそ、意見を聞いてみたくなったのかもしれない。

「海斗君の決意を止めるべきか受け入れるべきかってこと？」

古都は頷いた。

「海斗君を日本に連れ戻すために、スイスにきたんでしょう？」

「そうです」

「だったら、私になぜ訊くの？」

真子の率直な質問に、古都はすぐに答えることができなかった。

「もしかして、迷いが出た？」

「私がやっていることは……海斗に生きてほしいと願うことは、間違っているんでしょうか？　彼を、余計に苦しめているんでしょうか？」

古都は、テーブルに身を乗り出した。

　海斗のガラス玉の瞳と覇気の欠片（かけら）もない声が、古都の良心に爪を立てた。

「海斗君が苦しんでいるかどうかは私にはわからないけど、あなたも妹ちゃんも、どっちも間違っていないと思うよ。ただ、二人とも愛する人を救おうとするやりかたが違うだけじゃないかな」

　真子が、古都をみつめた。

「私は、海斗に生きてほしいんです。たしかに、なに不自由なく生活できる私には海斗の苦痛はわかりません。でも、だからって自ら命を絶つなんて……」

　言葉が、嗚咽に呑み込まれた。

　張り詰めていた気が緩み、押し殺していた感情が溢れ出してきた。

「古都ちゃんは、なにも悪くないよ。人の感情は、本人にしかわからない。数十年連れ添った夫婦でも、たとえ親子であってもね。だから、自分を責めないで許してあげて」

「苦しんでいる海斗を救えない……死のうとしている最愛の人を救えないのに、自分を許すことなんてできませんっ」

「あら、どうして？」

　真子が、不思議そうに首を傾げた。

「いま言ったじゃないですか。海斗を救えない私を……」

「救えばいいじゃない」

「え？」

「百パーセント海斗君の気持ちになれないからって、どうして救えないと決めつけるの？　だからこそ、神様は人に信じるという力を授けてくれたんじゃないのかな？」

「信じる……」

古都は、真子の言葉を呟いた。

「自分を信じて、海斗君を信じて……信念を貫けば、案外、想いは届くものよ。気の済むまで、海斗君に想いをぶつければいいじゃない。二度、三度……百度でも！　人間、最後に物を言うのは根性よ」

真子が、右の拳を宙に掲げて見せた。

「真子さん……」

真子の顔が涙に滲んだ。

もう、二度と泣かないと決めたのに、涙が止まらなかった。

でも、これは後ろ向きの涙ではなく前向きな涙だ。

「さあ、あんまり泣いてばかりいると私が悪い人みたいだから、スマイル、スマイル。食べよう。腹が減っては戦ができぬ、って言うでしょ？」

言い終わるや否や、真子が鴨肉を頬張った。

古都も、すっかり冷えたソーセージにフォークを刺した。

3

テイクアウトしたホットコーヒーを手に、古都はルツェルン湖畔のベンチに座っていた。古都の視線は、「シュヴァイツァーホフ」の正面玄関に注がれていた。

スイスにきて一週間。

二日目から昨日までの五日間、朝の九時から夜の九時まで十二時間、食事やトイレ以外はこのベンチに座っていたが、海斗には会うことができなかった。

初日に古都が待ち伏せしていたので、警戒しているのかもしれない。

ルームサービスを頼めば、外に出なくても過ごせる。

だが、「レヒト」にカウンセリングに行くときには外出しなければならない。

カウンセリングの日がいつかはわからないが、何日でも待つつもりだった。

——待ち伏せにつき合ってあげたいのは山々だけど、私には時間がないから、あちこち観光したいところがあってさ。ごめんね。

——私のほうこそ、ガイドできなくてすみません。一人で、大丈夫ですか？

——ありがとう。でも、大丈夫。日本人のガイドさんを雇ったから。余命は少ないけど、お金だけはたんまりあるのよね～。

自虐的に笑う真子の顔が、脳裏に蘇った。

真子はいま頃、インターラーケンあたりを回っているはずだ。

「まだいたのか？」

背後から、声をかけられた。

「海斗！」

振り返った古都は、思わず大声を上げた。

「相変わらず単純だな。正面玄関だけしか出入りできないとでも思っているのか？」

海斗が、無表情に言いながら車椅子を古都の横につけた。

「海斗……きてくれたの⁉」

「勘違いしないでくれ。君があんまりしつこいから、最初で最後に話しておこうと思っただけだよ」

海斗の言葉が、胸を貫いた。

「最初で最後……それ、どういうこと？」

古都は、掠れた声で訊ねた。

「そのままの意味さ」

海斗が、古都とは視線を合わさずに言った。

「なぜ、そんなことを言うの⁉　海斗、私を見て！」

海斗が、素直に古都に顔を向けた。

無機質な瞳……この前と同じ、ガラス玉のような瞳が冷え冷えと古都をみつめていた。

「少なくとも、半年後に僕はこの世にいない。だから、君と二度と会うこともない」

「あら、それなら大丈夫。海斗は、半年どころか五年後も十年後も……いいえ、五十年後も生きているから！」

古都は、屈託のない口調で言った。

「昔、友情をテーマにした映画を観た」

海斗が、唐突に語り始めた。

「主人公の二人……AとBは戦友だった。ある日、Aが戦場で地雷を踏んでしまった。Bが発見したとき、既にAの太腿から下と両腕は吹き飛んでいた。Bはなんとか助けようとしたが、Aは殺してくれと拒否した。君は、どう思う？」

「私は、B君と同じ考えよ」

古都は即答した。

「僕も、事故にあうまでならそう答えたと思う。でも、いまならAの気持ちがよくわかる。Aに待っている地獄の人生が、僕には見える」

「どうして、地獄だってわかるの？　そんなの、生きてみないとわからないでしょう？」

「そうだな、君には、わからないだろうね」

「あなたにだって……」

「まだ、終わりじゃない。Bは殺してくれと懇願するAを救出した。Aは一命を取り留めた」

海斗は古都を遮り、映画の続きを語り始めた。

「よかった……」

古都は安堵の吐息を漏らした。

「戦争は終わった。二人とも、生きて故郷へと戻った。呼吸をして、ご飯を食べて、排泄して……Aの生きるということは、この繰り返しだった。しかも、自分でできるのは呼吸だけ。ほかの生きる行為は、すべて、誰かの手を借りなければできなかった。やがて、Aは精神を病んで正気を失った。献身的に世話してくれている家族に聞くに堪えない暴言を浴びせ、唾を吐きかけ、数時間も叫び続け、ついにはスプーンを運んだ母親の手に嚙みつき指を食いちぎった。Aは帰国して僅か一ヵ月後に、心臓麻痺で死んだ。主治医の話では、過度な興奮状態と強度のストレスが続くことによって心臓に負担がかかったのが原因らしい。Aが死んだのは帰国して一ヵ月後だけど、戦場で手足を吹き飛ばされたときには既に死んでいたんだよ。生きているのは身体だけで、心は死んでいたのさ」

「そんな……」

古都が蒼白な顔で息を吞んだ。

「それでも、君は生きるべきだと励ますのか？」

「ええ、もちろんよ。ご家族だって、そう願っていたに違いないから」

そう信じていた……信じたかった。

「本当に残酷だよ、君は」

海斗は冷めた口調で言うと、車椅子を移動させ湖のほうを向いた。

古都は立ち上がり、海斗の横に並び腰を屈めた。

「君は、本気でAの家族が哀しんでいると思っているのかい？」

虚ろな瞳で湖を眺めつつ、海斗が言った。

「子供が死んで喜ぶ親が、いるはずないでしょう？」

海斗がなにを言いたいかわかってはいたが、認めるわけにはいかない。

「そうかな。介護で精神的、肉体的に疲弊しているのに、一日何時間も叫び続けられ、口汚く罵られ、唾を吐きかけられ、指を食いちぎられる……親だって生身の人間だ。息子がいなくなって、ほっとしたとしてもそれを責めることはできないよ」

「だから、あなたのことも止めるな……そう言いたいの？」

古都は、海斗の正面に回り込み問いかけた。

海斗が湖に視線を向けたまま頷いた。

「仮にAさんのご家族がそうだとしても、私は違う！　あなたの死を望んでなんかいない！　義務なんかじゃなく、海斗の足になりたいと思っているっ。私だけじゃないわ。お母様は、息子を思い止まらせてほしいと涙ながらに頼んできたわ。桜ちゃんだって、苦しむあなたの気持ちを優先しているだけで本当は……」

「母さんや桜の気持ちが、どうして君にわかる？」

海斗が古都を遮り、覇気のない眼でみつめた。

「言ったでしょう？　お母様に、あなたのことを……」

「いまはそうでも、先のことはわからないだろう？」

ふたたび、海斗が古都の言葉を遮った。

海斗の瞳は古都に向けられているが、どこか別のところを見ているような気がした。

いまの海斗の心に、自分はいない……いない者の声が届くことはない。

「半年は頑張れても、一年、二年……五年、十年、母さんも桜も、僕が生きているかぎり面倒を見なければならない。介護の人間を雇うにしても、相当な金がかかる。父さんの遺産も、いつかは底をつく。僕はもう働けないし、母さんだって歳を取るし、桜も結婚できなくなる。生きることを選択して地獄を見るのは、僕だけじゃない。母さんや桜に、一生、重い十字架を背負わすことになる。僕が死んだほうが、二人のため……」

無意識に、右手が出ていた。

乾いた衝撃音――周囲の通行人の何人かが、驚いた顔で振り返った。

驚いているのは、海斗も同じ……啞然(あぜん)とした顔で、古都をみつめていた。

「勝手な思い込みで、命を粗末にしないで！　車椅子だと、叩かれないと思った!?　私はあなたをかわいそうだなんて思っていないし、同情でつき合っているわけじゃないっ。だから、ふざけたことを言ったら何度でもぶつわよ！」

古都の大声に、次々と通行人が足を止めた。

「あなた、やめなさい！　障害者に、なんてことをするの！」

歩み寄ってきた婦人が、英語で咎めてきた。

「私達の問題に、口を挟まないでください！」

古都も英語で返した。

「障害者に手を上げるなんて、どういうつもりなの⁉」

「障害者だからって、特別扱いをしないでくださいっ。彼は、叩かれるだけのことを言ったんです！」

古都は、一歩も退かずに言い返した。

意地になっているわけではなく、本心からの言葉だった。

「まあ……とんでもない人ね！　あなたには、障害者への思いやりはないの⁉」

「思いやりの気持ちは持っているつもりです！　それは障害者でも健常者でも同じです！　私は障害者だからと言って、変な気遣いはしませんっ。障害者をかわいそうな人だと思っていませんから。大変だとは思います。でも、叱るときは叱らないとだめです！」

大きく眼を見開いた婦人が両手を広げ、周囲の野次馬達を見渡した。

すべてを聞き取れるわけではないが、古都を非難する声がそこここから聞こえた。

「あなたって人は……」

「もう、やめてください。彼女は僕の恋人で、なにも問題ありませんから」

古都は、弾かれたように海斗を振り返った。

「遠慮しなくてもいいのよ」

「いえ、本当に大丈夫です。ありがとうございます」

海斗が言うと、呆れたように肩を竦めながら婦人が立ち去った。

「嬉しかったよ。私のこと、恋人って言ってくれて」

古都は、海斗の前に屈むと膝の上に置かれた手に掌を重ねた。

「勘違いしないでくれ。ああでも言わないと騒ぎが大きくなるから、それだけのことさ」

海斗が、湖に視線を向けたまま言った。

心に射し込みかけた微かな光が、海斗の言葉で掻き消された。

「叩かれたことは本当に気にしてないから、もう、日本に帰ってくれ」

海斗が相変わらず眼を合わさぬまま、力なく言った。

「あなたが車椅子だからとかじゃなくて、感情的に叩いたのは悪かったわ。でも、死んだほうがいいなんて、二度と言わないで」

「君には関係のないことだよ」

海斗の冷めた声が、鋭刃のように古都の胸に刺さった。

「海斗。こっちを見て」

素直に海斗は、湖から古都に視線を移した。

やはり、彼の瞳は微塵の感情も窺えないガラス玉のようだった。

「もし……もしだよ、あなたが言う通りだとしても、私は海斗の死を望むことはないって断言できる。生涯、海斗の世話をしたい気持ちが変わらないって断言できる。義務や同情じゃなく、心の底からそう思っているわ。それでも、だめかな？　私じゃ、生きる気になれないかな？」

古都は祈りを込めた瞳で、海斗をみつめた。

海斗が眼を閉じた。

葛藤（かっとう）しているのか、眼を閉じただけなのかはわからない。

「君の希望を叶（かな）えることで、僕を地獄に落とさないでくれ」

束の間の沈黙を破り、海斗が眼を閉じたまま絞り出すような声で言った。

「海斗……どうしてそんなことを言うの？」

「それは、僕の言葉だ」

眼を開けた海斗の暗く濡（ぬ）れる瞳を見て、古都は息を呑んだ。

「君が希望を口にすればするほど、僕には絶望が広がる。予定では、三ヵ月後の四回目のカウンセリングが終わる日に最期を迎える。でも、これ以上、君がつき纏（まと）うなら予定を早めるつもりだ」

海斗は言い残し、車椅子の向きを変えホテルに向かった。

呼び止めようとしたが、声が出なかった。

あとを追おうとしたが、足を踏み出せなかった。

古都は立ち尽くし、海斗の背中を見送った。

4

ルツェルン湖の畔で海斗と話してから一週間……古都がスイスにきて二週間が経った。

「レヒト」のあるチューリヒに向かうSBB（スイス国鉄）の二階の二等席……日本の列車ではありえないカーブしたソファに、古都と真子は座っていた。

二等席と言っても、シートはゆったりし清潔で新幹線のグリーン車並みのクオリティだった。

ルツェルンからチューリヒまでは、五十分ほどで到着する。

日本の列車は到着前に丁寧に車内アナウンスが流れるが、スイスの列車は到着したときに駅名を告げるだけなので気をつけなければ乗り過ごしてしまう。

真子は駅の avec box と呼ばれる無人の売店で買ったホットドッグを頬張りながら、スイスのガイドブックを読んでいる。

傍目（はため）から見たら、とても末期の癌患者とは思えなかった。

「本当に、よかったんですか？」

古都は、真子に訊ねた。

「ん？　なにが？」

ガイドブックから顔を上げた真子が、キョトンとした表情で訊ね返した。

『レヒト』に付き添ってくれることです」

三日前、海斗とのことを心配してくれた真子から電話があった。

余命僅かと宣告され、本当は人のことなど気にしている余裕はないはずだ。

「ああ、そのこと。通訳をしてくれたり、いろいろお世話になったしさ。それに、海斗君のことで背中を押した責任もあるし」

真子はさばさばした口調で言うと、ホットドッグをオランジーナで流し込んだ。

真子には一週間前の海斗とのやり取りを話し、「レヒト」に行こうと思っている意志を伝えた。

真子はすぐにつき添うと言ってくれたが、古都は断った。

厚意に甘えることにしたのは、真子から聞いた「レヒト」のシステムだった。


――肉親でもない古都ちゃんが押しかけても、会員のことについて話をしてくれないわよ。以前、「レヒト」に登録しようとしたときに語学堪能な姉が現地のスタッフとやり取りしてくれたのよ。結局、私は登録しなかったけどね。姉に、そのスタッフに古都ちゃんの話を聞いてくれるように頼んで貰うから。

――そんなこと、可能なんですか？

――確約はできないけど、日本を発つときに海斗君のお母さんから息子を翻意させてほしいって頼まれているのよね？　「レヒト」の規定では、肉親は医師やスタッフと面会できるから、お母さんに委任状を書いて貰うといいわ。
——委任状？
——そう。古都ちゃんは海斗君のお母さんの代理人だと証明する委任状よ。

真子の姉が妙子に会い作成した英語の委任状……正確に言えば、真子の姉が英訳した文章を妙子が書き写した委任状を、「レヒト」にファクスで送信した。

「なんだか、お姉さんにまで頼んで貰って、申し訳ありません」

「まあ、私にできるのはそれくらいだから。英語とか喋れないから『レヒト』では役に立てないわよ」

「十分です。真子さんがいなければ、『レヒト』のスタッフに会うこともできなかったわけですから。本当に、感謝しています」

「じゃあ、日本に帰ってから美味しい物をご馳走して。そうねぇ、ホテル最上階の鉄板焼き、銀座の高級寿司……ああ、迷うわ～」

真子が幸せそうな顔で舌舐めずりをした。

余命半年と宣告されたにもかかわらず、どこまでもポジティヴな真子を見ていると、海斗のことで落ち込んでいる自分が恥ずかしくなった。

「梯子でもいいですよ」

古都も、明るい笑顔で切り返した。

「ねえ、古都ちゃん。一つ、訊いていい？」

一転した真顔で、真子が訊ねてきた。

古都は頷いた。

「『レヒト』が、海斗君の意志を尊重したらどうするの？」

真子の問いかけの意味……最終手段の望みが絶たれたなら、諦めるのか？

「私の気持ちは変わりません」

古都は力強い口調で言った。

車掌が検札にきて、古都と真子はユーレイルパスを差し出した。

「Danke schön」

微笑みを残し、車掌が立ち去った。

「古都ちゃんは、強いわね」

真子が古都をみつめ、しみじみと言った。

「真子さんに比べたら、私なんて全然です」

謙遜ではなく、本音だった。

「ううん。私だったら、そこまで想いを貫き通せないわ」

「海斗に言われました。君の希望を叶えることで、僕を地獄に落とさないでくれ。君が希望を口にすればするほど、僕には絶望が広がるって。私の独り善がりが海斗を苦しめていることが改めてわかって……正直、つらいです。真子さんに背中を押して貰って、なんとか頑張れている状態です」

　古都は、胸の内を吐露した。

「普通は、自分の言動に責任を持てないから独り善がりを押し通せないものよ。だけど、古都ちゃんは、絶対に海斗君を見捨てずに幸せにする自信があるんでしょう？」

「幸せにするなんてえらそうなことは言えませんけど、あのとき死を選ばなくてよかったなって、海斗に思って貰えるために生涯を捧げる自信はあります。もちろん、義務や同情じゃなくて」

　古都は、一言一言を噛み締めるように語った。

「凄いな。ねえ、古都ちゃんは、どうしてそう言い切れるの？」

「私にとって海斗が、かけがえのない男性だからです」

　一点の曇りもなく、古都は即答した。

「海斗君は、幸せね。古都ちゃんみたいな人にこんなに愛されて」

　真子が眼を細めて言った。

「真子さんの千分の一でも、私の気持ちが伝わるといいんですけど」

「伝わっていると思うよ」

「え？　それは、ないと思います」

　古都は否定した。

　海斗のガラス玉のように感情の窺えない瞳が、証明していた。

「ううん。伝わっているよ。だけど、怖いだけ。古都ちゃんの気持ちを受け入れることが」

「どうしてですか？」

「古都ちゃんの言葉を信じたい……古都ちゃんとなら苦難を乗り越えられるかもしれない。でも、もし、古都ちゃんが心変わりしたら、もし、古都ちゃんの想像以上の負担になってしまったら……。そう考えると怖くて、古都ちゃんの想いを拒絶しているんじゃないかしら」

「私、絶対に心変わりなんてしません」

古都は間を置かず、自信に満ちた表情で言った。

「私も、信じるわ。いまの古都ちゃんのことはね」

真子の含みを持たせた言い回しが気になった。

「いまの私？」

古都は自分の顔を指差した。

「古都ちゃん。怒らないで聞いてくれる？」

「なんでしょう？」

「人間ってさ、変化する生き物だよね？　十代の頃はスッピンにTシャツに短パンでも瑞々(みずみず)しいとか健康美だとかチヤホヤされたけど、年を重ねるたびに化粧や高価な洋服で着飾ってもチヤホヤされなくなってくるでしょう？」

古都には、真子がなにを言いたいのか見当がつかなかった。

「変化するのは、肉体だけじゃなくて心も同じよ。小さい頃になりたかった職業が成長するに連れて変わってくるのと同じで、人の心は移ろいやすいもの……だからといって、それは悪いことじゃないわ。成長するには、変化はつきものよ」

真子が遠慮がちに、しかしきっぱりと言った。

「つまり、真子さんは私が心変わりするかもしれないと思っているんですか？」

「私は、そうならないと信じている。本当は、海斗君だって同じはずよ。だけど、万が一そうじゃなくても私には失うものはないけど、海斗君は違う。海斗君は古都ちゃんを信じられない……ううん、信じるのを恐れているのよ」

「信じるのを恐れている……」

古都は、真子の言葉を繰り返した。

「うん。さっきも言ったけど、人の心は移ろいやすいものだから。そうなったとしても古都ちゃんが悪いわけでも、海斗君が悪いわけでもないわ」

真子が目尻を下げ、柔和に微笑んだ。

車掌がチューリヒ中央駅到着を告げるアナウンスが、車内に低く流れた。

☆

「レヒト」の応接室はオフホワイトの調度品で統一され、壁のそこここには青空、太陽、花畑、高原、海などの写真がおさめられたフォトフレイムがかけられていた。

室内に流れるオルゴールのリラクゼーションミュージックが、心地よく鼓膜を刺激した。

「しばらく、お待ちください。すぐに、担当スタッフがきますから」

案内してくれた若い男性スタッフが優しい笑顔を残し、ドアに向かった。

「本当に医療服じゃなくて、私服なんだ……」

デニムにポロシャツ……古都は、カジュアルファッションの男性スタッフの背中を視線で追いながら呟いた。

——私は英語もドイツ語も喋れも聞き取れもしないから、そこらへんを散歩してくるね。

——終わったら、連絡入れます。

「レヒト」の建物の前で交わした真子との会話が、脳裏に蘇った。

——残された僅かな時間を、リラックスして過ごして貰おうというのが「レヒト」のポリシーなの。

思いのほか、真子は「レヒト」について詳しかった。

一時は、自殺幇助を受けようか真剣に悩みいろいろと調べたのだろう彼女の気持ちを察すると胸が痛んだ。

自分のために付き添ってくれた真子は、どんな思いで……。

ドアが開き、ワイシャツとグレイのパンツ姿の長身でブロンドヘアの中年女性が入ってきた。

「はじめまして。日本からきた小野寺古都です」

古都はソファから立ち上がり、ドイツ語で言いながら笑顔で右手を差し出した。

「ようこそ『レヒト』へ。私は、カウンセラーのアデリナよ」

ブロンドヘアの中年女性……アデリナが、笑顔で古都の右手を握りながら英語で返した。

「日本人はドイツ語より英語のほうが得意よね？　デリケートな話だからミスがないように英語で話しましょう」

古都の驚きを察したように、アデリナがウインクした。

自分のドイツ語がたどたどしかったのだろう。

内心、ほっとしていた。

旅行者がよく使う言葉程度しかドイツ語は話せないので、命についての込み入った話ができるかどうか不安だった。

「座って。古都さんは、当団体に登録している海斗さんのお母さんの代理人よね？」

アデリナは古都にソファを促すと、真子の姉が作成してくれた英文の委任状のコピーに視線を落としながら確認してきた。

「はい。海斗の恋人でもあります」

古都は、ソファに腰を下ろしながら言った。ただの代理人ではないという想いを伝えておきたかった。

「あら……」

アデリナが、驚きに見開いた眼で古都をまじまじとみつめた。

「OK、あなたはフィアンセなのね。答えられることと答えられないことがあるけれど、とりあえず訊きたいことはなに？」

「海斗の安楽死を中止してください」

単刀直入に、古都は切り出した。

「まず、最初に解いておきたい誤解は、『レヒト』では安楽死の処置は取っていないということよ。スイスでは、安楽死は禁止されているの。私達の団体が行っているのは自殺幇助……つまり、自殺のお手伝いね。だから、会員は自らの手で致死薬を溶かした六十ミリリットルのジュースのグラスを手に取り飲むのよ。麻痺して手が動かない人には、顎でボタンを押せば自動的に口もとにカップが上がる機械を使用するわ。自発的に致死薬を飲んだ会員の心肺機能が停止してゆく様子は、安楽死じゃないと証明する資料としてビデオに録画するの。会員の死亡後、スタッフは警察に通報し、葬儀屋を手配……」

「私が言いたいのは、そういうことじゃありません。安楽死でも自殺幇助でも、海斗を死なせないでほしいんですっ」

古都はアデリナを遮り、迸る感情をぶつけた。

「もちろん、私達スタッフも同意見よ」

あっさりと同調するアデリナに、古都は拍子抜けした。

「じゃあ、海斗を説得してくれるんですね!?」

古都は、身を乗り出していた。

ドアが開き、先ほどの男性スタッフがコーヒーカップを載せたソーサーを古都とアデリナの前に置いた。

「説得というよりも、生きることの素晴らしさを思い出して貰うの。末期癌、多発性硬化症、運動ニューロン疾患、重度の身体麻痺……ここの会員は、生きることに光を見いだせなくなっている人ばかり。日本では能動的に死を求める言動はタブーとされているみたいだけど、スイスでは死も生きることと同じで基本的人権の一部として考えられているのよ。だからといって、死を求めてくる会員にすぐにお手伝いをするわけじゃないわ。死に至るまでの数ヵ月の間、私達スタッフは会員にたいして本当に死にたいのかを繰り返し確認し、命を絶てば生きているときと違ってやり直しがきかないこと、自殺以外にも選択肢があることを説明するの。『レヒト』がお手伝いするのは、会員の死ばかりでないわ。会員が生きる方向に進めるのであれば、私達は全力でサポートするのよ」

「決意が変わらなくても、説得を続けるべきです！」

古都は、強い口調で訴えた。

「古都さん。どうして自殺したいと思ったらだめなのかしら？」

唐突に、アデリナが訊ねてきた。

「どうしてって……そんなの、決まっているじゃないですか。神様から授かった命を自ら捨てるなんて！」

「神様って？　キリスト教？　イスラム教？　ヒンドゥー教？　仏教？」

アデリナが矢継ぎ早に質問を重ねた。

「え……」

古都は言葉に詰まった。

「多くの人が自殺を悪とする理由は道徳観よ。でも、そもそも道徳観は時代や国によって違うものでしょう？　もちろん、私が言っているのは長年に亘り生きることを地獄に感じるような状況に陥っている人のことよ。興味本位や一時の感情で自殺したいと訴える人は断るわ。でも、私の言う地獄の意味は、肉体だけでなく精神も入っているのよ。肉体的な病気や障害に関してはみな理解が深いけど、鬱病なんかの精神的疾患のことは軽くみられているのが現実よ。だけどね、傍目からわかりづらくても本人達にとっては一日一日が耐え難い地獄なの。私達スタッフの役目は、自殺を考えている人が生きる気持ちになれるように全力でサポートをすること、そして、手を尽くしてもだめだった場合は、地獄から解放されるサポートをすることよ」

アデリナが、話の内容にそぐわぬ微笑みを浮かべた。

「私には、難しい話はよくわかりません。でも、わかっていることは、どんな理由があっても自ら命を絶っていいことには……」

「わかっているわ、あなたの考えは」

微笑みを湛えたまま、アデリナが柔らかな声音で古都を遮った。

「そして、あなたの考えを否定しないわ。さっきも言ったように、私達スタッフも闇に囚われている人達に光をみつけてほしい……古都さん、鬱病患者の人に言ってはいけない言葉を知っているかしら？」

不意に、アデリナが訊ねてきた。

「頑張ってとか……ですよね？」

怪訝な顔で、古都は答えた。

「そう。鬱病患者は励ましの言葉をかけられると、頑張れないだめな人間だと自責して余計に落ち込んでしまうの。自殺志願者の会員も同じで、説得しようとすればするほどに死が魅力的に見えるものよ。私達スタッフが長年の経験に基づいて導き出した結論は二つ……自殺について自由に語れるようになると自殺願望が弱まる、自殺を幇助してくれる人が世の中にいると知るだけで会員は安心感に包まれる。現実に、『レヒト』の会員で命を絶つ人は三割で、残りの七割は思い直して生きる選択をしているのよ」

「七割でも足りません！　私は、百パーセント海斗を助けたいんです！」

古都は、少しの妥協もしたくはなかった。

アデリナが会員に自殺を勧めているわけでないのはわかっていた。

一人でも多くの会員に自殺を思い止まらせようとしていることも……。

だが、ほかのことなら譲歩できても、これだけは一歩も譲れない。

「海斗さんの自殺を思い止まらせるためなら、なんだってできる？」

アデリナが、それまでの柔らかな表情とは打って変わった厳しい顔を古都に向けた。

「はい、できます！」

古都は即答した。

「じゃあ、海斗さんと同じように脊髄損傷してと言ったら？」

「え……」

予期せぬアデリナの言葉に、古都は耳を疑った。

「海斗さんと同じように麻痺で動かない身体になって、生涯、車椅子で過ごしてと言ったらあなたはできるの？　いいえ。脊髄を損傷しなくても、いまこの瞬間から、車椅子で生活してと言ったら？　たとえ一秒でも立つことは許されず、トイレも、バスルームも、ベッドに行くときも誰かの手を借りる……そんな生活を、あなたに一生できるかしら？」

アデリナが冗談や意地悪を言っているのでないことは、古都に注がれる真剣な眼差しでわかった。

「海斗と同じようになれ……ということですか？」

古都は、掠れた声で訊ねた。

「そうよ。馬鹿げていると思うかもしれないけれど、会員と同じ気持ちになるには会員ないけれど、一生車椅子での生活を送れば少しは理解できるはずよ。古都さんはまだ若いから、五十年は車椅子の生活を続けなければならないわ。考えてみて、五十年よ？　あなたのご両親は一年ごとに年老い、体力もなくなる。それでも、あなたの面倒を見なければならない。あなたも、すっかり老け込んだご両親が老体に鞭を打って介護してくれる姿を見続けなければならない。五十年どころか、五ヵ月でも耐えられるかしら？　耐えられなくなったら、古都さんは車椅子から立ち上がることができる……自由に一人でなんでもできる生活に戻ることができる。でも、海斗さんはやめることができない、生きているかぎり三十年でも四十年でも古都さんが耐え切れなくなった生活を続けるしかないの。こう考えてみたら、少しはわかるんじゃないのかしら？　自ら命を絶つ権利がほしくなる彼の気持ちがね」

アデリナが、心の奥底を覗き込むように古都をみつめた。

古都はコーヒーカップに手を伸ばした。

コーヒーを飲みたいというよりも、喉の渇きを潤したかった。

コーヒーカップを持つ手が震えた。

「残酷なことを言ってごめんね。恋人に生きてほしい古都さんの気持ちもわかるけど、『レヒト』を訪れる人達の追い詰められた気持ちが健常者の私達には到底理解できないということもわかってほしいの」

アデリナが穏やかな顔つきに戻り、古都を諭した。

古都はただ、カップの中で波打つコーヒーに視線を落とすしかできなかった。

——海斗さんと同じように麻痺で動かない身体になって、生涯、車椅子で過ごしてと言ったらあなたはできるの？　いいえ。脊髄を損傷しなくても、いまこの瞬間から、車椅子で生活してと言ったら？

脳裏に蘇るアデリナの言葉は、真子に背中を押され海斗を日本に連れ戻すことを改めて誓った古都を打ちのめした。

海斗の面倒を見る決意はしても、自分が一生誰かに面倒を見られる生活を考えたことは……最愛の人が自殺を願うほどに苦しんでいる身体の自由が奪われる生活を、自らに当て嵌めてみたことはなかった。

結局は他人事……海斗や桜にそう思われても仕方がない。

立つことも歩くことも許されず、排泄も入浴も食事も下着の交換もすべて、家族に面倒を見て貰う。

五年、十年、二十年、三十年……それ以上の年月を、仮に自分が耐えることはできても、家族のことを考えるとつらかった。

桜は、母親や妹を思いやり苦しむ兄の葛藤がわかるからこそ生きてとは言えない。

私は大丈夫よ、介護は苦にならないから……母親や妹に笑顔で言われるほどに兄が苦しんでいるのが伝わるからこそ自分の感情を封印したのだ。

「古都さん、自分を責めないで。健康なのに一生車椅子で暮らせる人なんて、世界中探してもいないから。もちろん、私も含めてね。だけど海斗さんは、望んだわけでもないのにある日いきなりその生活を強いられた。この現実をわかってほしかったの。安心して。だからといって、あなたのフィアンセが自死すると決まったわけじゃないから。全体の流れとして三週間おきに四回のカウンセリングを行うの。期間を空けているのは、心変わりを期待してのことよ。予定では、三ヵ月後に四回目のカウンセリングを終えて会員の決意が変わらなければ自殺幇助の実行日を迎えることになるわ。遠い日本からやってきたあなたのためにも、海斗さんが生きる気力を取り戻せるように全力を尽くすことを約束するから」

アデリナの声が、鼓膜を素通りした。

古都は、顔を上げることができなかった。

波打つコーヒーに映る女性……底なしに哀しい眼をした女性が、古都をみつめていた。

第四章

1

ルツェルン湖の畔のベンチで、古都はスマートフォンのディスプレイを虚ろな瞳でみつめていた。

ディスプレイには、三ヵ月分のカレンダーが表示されていた。

そのうちの二ヵ所に、印がついていた。

今日は、海斗の三回目のカウンセリングが予定されている日だ。

――これが、海斗さんのカウンセリングの残り三回の日時よ。私は私で海斗さんを説得するけど、あなたはあなたで説得するといいわ。

三週間おきの水曜日の午前十時が、アデリナに教えて貰った日時だ。

移動時間を考え二時間前の午前八時にはホテルを出てくると思い、古都は余裕を持って七時からベンチで待っていた。

それ以外の日は会っていない……いや、会う気になれなかった。

その気になれば同じホテルに宿泊しているので、会うチャンスを作れただろう。

だが、二ヵ月前にアデリナに気づかされた事実が古都を躊躇わせていた。

気づかされた事実……生涯、自分の介護をする家族にたいしての海斗の苦悩を理解しきれていなかった。

――半年は頑張れても、一年、二年……五年、十年、母さんも桜も、僕が生きているかぎり面倒を見なければならない。介護の人間を雇うにしても、相当な金がかかる。父さんの遺産も、いつかは底をつく。僕はもう働けないし、母さんだって歳を取るし、桜も結婚できなくなる。生きることを選択して地獄を見るのは、僕だけじゃない。母さんや桜に、一生、重い十字架を背負わすことになる。僕が死んだほうが、二人のため……。

あのとき、理解どころか古都は海斗の頬を張ってしまった。

古都は膝の上で、拳を握り締めた。

なにも、わかっていなかった。

海斗を助ける、海斗を支える、海斗の手足になる……自分の気持ちさえ信じていれば、解決すると思っていた。
大きな勘違い……独り善がりだった。
毎分、毎秒、なにかをしようとするたびに家族を思う海斗の胸に刻まれる絶望の刻印に気づけなかった。

——障害者にならなければ海斗さんの本当の苦しみはわからないけれど、一生車椅子での生活を送れば少しは理解できるはずよ。古都さんはまだ若いから、五十年は車椅子の生活を続けなければならないわ。考えてみて、五十年よ？　あなたのご両親は一年ごとに年老い、体力もなくなる。それでも、あなたの面倒を見なければならない。あなたも、すっかり老け込んだご両親が老体に鞭を打って介護してくれる姿を見続けなければならない。

古都のジーンズ越しの膝に、十指の爪が食い込んだ。

——五十年どころか、五ヵ月でも耐えられるかしら？　耐えられなくなったら、古都さんは車椅子から立ち上がることができる……自由に一人でなんでもできる生活に戻ることができる。

古都は唇を引き結び、奥歯を噛み締めた。

——でも、海斗さんはやめることができない、生きているかぎり三十年でも四十年でも古都さんが耐え切れなくなった生活を続けるしかないの。こう考えてみたら、少しはわかるんじゃないのかしら？　自ら命を絶つ権利がほしくなる彼の気持ちがね。

古都の震える手の甲に、涙が落ちて弾けた。

私は、なにをしているんだろう？　こうして待っていても、カウンセリングに向かう海斗に声をかけることもなく、ただ、遠くから見送るだけ……いったい、なにがしたい？

本当は、わかっていた。

海斗の決意を翻す方法は、一つしかないことを。

ヒップポケットが震えた。

古都は、スマートフォンを手に取った。

ディスプレイに表示された名前を、古都はみつめた。

出ようかどうか束の間躊躇ったが、結局、古都は通話ボタンをタップした。

——あ〜よかった〜、生きてたのね？

スマートフォンを耳に当てるなり、冗談めかした口調の香織の懐かしい声が受話口から流れてきた。

スイスにきて二ヵ月、香織からは電話もＬＩＮＥも頻繁に着信していた。

古都が返信したのは数回のＬＩＮＥだけ……海斗が「レヒト」に登録したこと、海斗を日本に連れ戻すためにスイスにきたことなどを打ち明けた。

本当は電話で話すべきことだが、古都は誰とも話す気になれなかった。

また、話して解決する問題でもなかった。

――連絡がきちんとできずに、すみませんでした。

古都は開口一番に詫びた。

いつまでも、うやむやな状態で有給休暇を取り続けるわけにはいかなかった。

――あらら、どうした？　長いスイス生活で、殊勝な性格になっちゃったの？

香織が、古都の胸中を察して明るくしようとしてくれているのがわかった。

――私、「バーグ」を辞めます。勝手なことを言って、申し訳ありません。

古都は立ち上がり、スマートフォンを耳に当てたまま頭を下げた。

何人かの通行人が、怪訝な顔で振り返った。

――海斗君の件、うまくいかないの？

それまでと一転したトーンで、香織が訊ねてきた。

――はい……。

消え入る声で、古都は言った。

——辞めたら、海斗君の決意が変わるの？

——え……？

——あなたが「バーグ」を辞めることで、海斗君の決意が変わるのかを訊いているのよ。

——それは……。

——でしょう？　だったら、どうして辞める必要があるの？

香織が、あっけらかんとした口調で言った。

——どうしてって……スイスにきてもう二ヵ月が過ぎているし、いますぐに帰れるわけでもありませんし、これ以上、会社に迷惑をかけるわけにはいきません。

——どっちだって同じよ。あなたがウチを辞めて海斗君が戻るわけじゃないなら、辞めなくてもいいじゃない。有給が切れたら病欠にでもしておくから、気が済むまでスイスにいなさい。気が済むまで海斗君につき纏いなさい。そして、すべてが終わったら結果がどうであれ帰ってきなさい。あなたの場所は、それまで取っておくから。

香織の優しさも、古都の心には届かなかった。

本当に、できるのか？　海斗を救うために……。

いまの古都の心を支配しているのは、一つのことだけだった。

——いままで、お世話になりました。

古都は、物静かな口調で言った。

——ちょっと、話を聞いてなかったの？　あなたの席は私が……。

——もう、戻る気はありません。

古都は、香織を遮った。

戻りたくても、戻れない……そうでなくては、海斗に光を与えることができない。

——古都……あなた、なにを考えているの？

——先輩に受けたご恩は、忘れません。ありがとうございました。

——なによそれ？　まるで、今生の別れみたいな……。

古都は通話ボタンをタップし、電源を切った。

「先輩、ごめんなさい……」

古都は、ベンチに腰を戻して眼を閉じた。

考えが、甘かった。

闇に囚われ絶望している人間を、正論やきれいごとで救えるはずがない。

「本当に、しつこい人ですね」

古都は眼を開けた。

目の前に、桜が立っていた。

桜の五、六メートルほど向こうには、車椅子の海斗がいた。

「何十回きても、兄の気持ちは変わりません」

桜が、厳しい表情で言った。

「わかっているわ」

古都は、力なく言った。

「だったら、なぜ待ち伏せをしているんですか？」

咎めるとが桜に、古都は返す言葉がなかった。

古都自身、なぜここにいるかの説明ができなかった。

海斗を止めるためではない……いまのままでは、止められないとわかっていた。

それでも、海斗のカウンセリングの日になると居ても立ってもいられずにこのベンチにきてしまう。

海斗の重荷になるだけなら、いっそのこと日本に帰ろうかとも考えた。

考えただけで、行動には移せなかった。

アデリナと話してからの二ヵ月、古都は宙ぶらりんの状態で過ぎ行く日々に身を任せていた。

「不快にさせたらごめんなさい」

古都は詫びると、覇気のない瞳で桜をみつめた。

桜の瞳に、複雑な色が宿った。

「もう、日本に帰ったほうがいいです。これは兄のためではなく、古都さんのために言いました」

「私のために？」

古都は、訝しげに訊ねた。

「このままスイスにいたら……あなたまでだめになります」

桜が、躊躇ったのちに言った。

「それは、どういう意味？」

訊ね返しはしたものの、桜が言わんとしていることが古都にはわかっていた。

「とにかく、古都さんのためにも日本に戻られたほうがいいです。兄のことは忘れて、古都さんの人生を歩んでください」

古都の問いかけには答えず、桜は一方的に言い残し海斗のもとへ戻った。

海斗は、桜を待っている間から一度も古都のほうを見ようともしなかった。

遠ざかる二人を、古都は虚ろな瞳で見送った。

海斗の心から、完全に自分はいなくなってしまったのか？

いや、止むに止まれずに海斗が別のところに行くしかなかったのだ。

日本からスイスよりも、もっと遠く……遥か彼方へと。

海斗を連れ戻すには、古都が行くしかない。

海斗が孤独に囚われている絶望の地に……。

古都はベンチから立ち上がり、ルツェルン湖を眺めた。

寄り添うように泳ぐ番(つがい)の白鳥が、涙に滲(にじ)んだ。

2

ブルーとイエローのポップな車体……BOB(ベルナーオーバーラント鉄道)の車窓越しには、牧場が広がっていた。

窓越しに、放牧された牛達のカラン、カランという長閑(のどか)なカウベルの音が車内に流れ込んでくる。朝の八時にルツェルン駅を出発したルツェルン＝インターラーケンエクスプレスで、アルプスの峠を越え、ルツェルン湖、アルプナッハ湖、サルネン湖、ルンゲルン湖、ブリエンツ湖の水際を走りながら二時間かけてインターラーケンに到着した。

インターラーケンオスト駅からBOBに乗り継いで、二十分が過ぎていた。

あと十分もすれば、グリンデルワルト駅に到着する。

この列車に乗っている古都以外の人間は、みな、車窓を流れる絶景に心奪われ、胸を躍らせていることだろう。

普通に観光にきていたならば古都も、ほかの観光客のようにアルプスの自然美を愉(たの)しんでいたはずだ。

海斗の密着取材で初めてスイスを訪れたときに、右も左もわからずにはしゃぎ回っていたのが、もう、十年も二十年も昔のことに感じられる。

まだ、たった一年四ヵ月前のことだというのに……。

一年あまりで、すべてが闇に呑み込まれた。

あのとき自分がスマートフォンを桜に届ければ、海斗は太陽のように輝き続ける人生を送っていたことだろう。

海斗から光を奪ったのは……。

古都は、緑の牧草を背景にした窓ガラスにうっすらと映る自分の顔を暗い瞳でみつめた。

☆

グリンデルワルト駅を出た古都は、迫りくる雪化粧を施したアイガーに圧倒された。

グリンデルワルトの七月の気温は東京の十一月くらいで、トレーナーとフードジャンパーといった出で立ちでも古都には肌寒いくらいだった。

周囲を歩く欧米人は比較的軽装で、中には半袖シャツに短パン姿の観光客もいた。

因みに古都が宿泊しているルツェルンの気温は二十度だ。

駅前のスーパーマーケットで朝食代わりのチーズを購入した古都は、日本語観光案内所に入り目的とするホテルの場所を訊ねた。

この一ヵ月、朝にゆで卵やチーズを摂るだけという生活が続いていた。

食欲もなかったが、レストランに出かける気力がなかった。

最低限の栄養を摂るのは食欲ではなく、動くためだった。

観光案内所で古都に対応したのは、三十代と思しき日本人女性だった。

グリンデルワルトは長野県の松本市と姉妹提携をしており、英語ができない日本人にも親切な街だ。

古都はある程度英語もドイツ語もできるが、やはり日本語に触れると安心感があった。

ホテルまでは数百メートルの距離なので、古都は歩くことにした。

古都は、駅前のメインストリート……ハウプト通りを東に向かって歩いた。

通り沿いには、レストラン、ホテル、土産物店が並んでいた。

ほどなくすると、十数メートル先にログハウス風のホテルが現れた。

古都は立ち止まり、ホテルを見上げた。


――古都ちゃん、私ね、いまはグリンデルワルトにいるの。

――え？　真子さん、イタリアに行ったんじゃなかったのですか？

――その予定だったけど、来週、日本に帰ることになったの。だから、予定を変えてスイスに留まることにしたのよ。

――なにか、あったんですか⁉

――ちょっとね。それより、帰国する前に古都ちゃんに会いたいな。よかったら、グリンデルワルトにきてくれないかな？

昨日、桜が立ち去ったあとに真子からかかってきた電話の内容で古都は、彼女の体調が思わしくないだろうことを察した。

明るく振舞ってはいたが、真子の声から覇気が感じられないのは電話越しにもわかった。

古都は大きく口を開けては閉じることを繰り返し、頬の筋肉をほぐした。

両手で口角を吊り上げながら、ホテルのエントランスに足を踏み入れた。

☆

五階。木目模様が鮮やかな廊下を奥まで歩んだ古都は、角部屋のドアの前で立ち止まった。

ネガティヴな思考を頭から打ち消し、古都はドアをノックした。

「開いているから……入って」

電話のときと同じ、力のない薄い声がドア越しに返ってきた。

「おひさしぶりでーす！」

古都はドアを開けながら、ハイテンションに言った。

木材の壁、天井、床に囲まれた空間に、アイガーの山並みを映し出すスクリーンみたいな大きな窓から射し込む乳白色の光。

「天国みたいな場所でしょう？」

窓に向いたカウチソファに座っている真子が言った。

「一足先に天国を体験しとこうかな……と思ってさ」

冗談めかして言いながら振り返った真子の姿に、古都は息を呑んだ。

ニットキャップの下に髪の毛はなく、頬はこけ、白いハイネックのセーターはぶかぶかで、前に会ったときよりもかなり痩せた印象だった。

「なんて顔をしてるのよ。冗談よ、冗談。さあ、こっちに座って」

真子が破顔して、古都を手招きした。

顔に深く刻まれた皺、剥き出しになる歯茎……笑うと、痛々しさが増した。

「お邪魔します」

古都は真子の正面の一人掛けのソファに腰を下ろした。

「びっくりしたでしょ？　二ヵ月で七キロも痩せちゃった。ダイエットの本でも出そうかしら？　印税が入ったら、真っ先に古都ちゃんのプレゼントを買うからね」

冗談で言っていることも笑うところだということもわかっているが、とてもそんな気にはなれなかった。

「ウイッグをつけようか迷ったけど、あなたには素のままの私を見て貰いたくて……なんて、本当は面倒なだけだけどね～。でも、『世界の中心で、愛をさけぶ』のヒロインみたいで、イケてるでしょ？」

真子がウインクした。

「病院には行ってないんですか？」

「スイスの病院なんて、言葉も通じないし怖くて行けないよ」

「私が付き添いますから」

すかさず、古都は言った。

「ありがとうね。でも、行けないわ」

「行かなきゃ……」

「古都ちゃん、腹痛じゃないのよ」

古都を遮り、幼子に言い聞かせるように真子が言った。

「え……」

「私の病は余命数ヵ月の末期癌。体調を崩したくらいで病院に行ってもなにも病状は改善されないし、日本からカルテを取り寄せたり、入院させられて検査やらなんやらで時間だけ過ぎてゆくわ。私に残された時間は、一秒も無駄にしたくないの」

真子が、微笑みを湛(たた)え古都をみつめた。

まただ……海斗のときと同じだ。

崖(がけ)の下にいる相手に、そんなところにいたらだめだよ、と崖の上から言っているようなものだ。

古都は、底なしの自己嫌悪に陥った。

「あらあら、どうしたの？　迷子になった子供みたいな顔をしちゃって」

「ごめんなさい……私、真子さんの気持ちもわからずに自分勝手なことを言ってしまって……」

「なんだ、そんなことか。仕方ないじゃない。私の気持ちなんてわからなくて当然よ。私だって、古都ちゃんの気持ちにはなれないし。あ、これ、慰めで言っているんじゃなくて本心からの言葉だよ」

真子が、あっけらかんとした口調で言った。

わかっていた。

だからこそ、海斗や真子に申し訳なく、自分が腹立たしかった。

「歯が痛い人の苦しみは、どんなにわかってあげたくても虫歯になった人にしかわからないの。そんなの、あたりまえのことでしょう？」

真子の言葉が、放たれた矢のように古都の胸に突き刺さった。

「だからって、古都ちゃんが謝ることじゃないわ。虫歯じゃないのは、いいことなんだから」

古都は笑顔を作ろうとしたが、頬の筋肉が引き攣(つ)っただけだった。

「はい」

真子が、小皿に載ったチョコレートを差し出してきた。

「毎朝、ベッドメイクのあとに置かれているんだけど、どんどん溜まってさ」

小皿には、紙に包まれた四角いチョコレートが六枚載っていた。

「食べないんですか？」

「うん、最近、食欲がなくってね。元気な頃は、このくらいのサイズだったら十枚はペロッとイケたのにね。よく食べて、よく寝て、よく動いて……この三つができれば、人間は幸せに生きられるってことに、最近、気づいたんだよね。人は、この三つができることをあたりまえだと思っている。あたりまえじゃなくなったときに初めてありがたみがわかるなんて、人間って愚かな生き物よね」

真子の自嘲気味の笑い声が、古都の胸に爪を立てた。

「真子さん……」

「あ、ごめんごめん。古都ちゃんにえらそうなことを言っておきながら、私が辛気臭くしてしまったわね。ほら、遠慮しないで食べて」

真子がいつもの笑顔に戻り、チョコレートを勧めてきた。

「頂きます」

古都はチョコレートを手に取り、紙を剥いて口に入れた。

濃厚だが上品な甘さが口の中に広がった。

「美味しい！」

「でしょう？　甘い物は、幸せな気分になるっていうからね。全部、持って行っていいわよ」

真子が小皿のチョコレートを小さな紙袋に移し、古都に差し出した。

「でも、真子さんが食べたくなったときのために……」

「私は大丈夫。毎朝、チョコレートは補充されるから。それに、甘い物を食べなくても十分に幸せよ。まだこうして喋ることができるし、古都ちゃんが会いにきてくれたしね」

「ありがとうございます。なにか、私にお手伝いできることはありますか？」

古都は紙袋を受け取りながら訊ねた。

「ううん、話しているだけで十分よ。それより、まだ古都ちゃんがスイスにいるっていうことは、彼氏さんの気が変わっていないんだね」

唐突に、真子が言った。

古都は、小さく顎を引いた。

心のどこかで、そのことを話したがっている自分がいた——自分の決断が、正しいかどうかを……。

「海斗君の実行日はいつ？」

「予定通りなら約三週間後の、最後のカウンセリングの日です」

その日を口にするだけでも、胃に疼痛が走った。

「どうするの？」

古都は、無言で真子をみつめた。

話したかったはずの言葉が、喉もとで止まった。

「諦めるの？」

真子が質問を重ねた。

彼女の瞳から、興味本位ではなく古都を気遣っているのが伝わった。

古都は、小さく首を横に振った。

「そっか、それで海斗君を日本に連れて帰ることのできる勝算は？」

真子が一転して明るい口調になったが、瞳の奥は笑っていなかった。

「三十パーセント……ううん、五十パーセントはあると信じたいです」

古都は、願いを込めて言った。

「お、五十パーセントは凄い自信だね！　古都ちゃんなら、できそうな気がするよ」

真子の口もとが綻んだ。

しかし、相変わらず瞳に微笑みはない。

もしかしたら、感づかれているのかもしれない。

古都が決意しようとしていることを……。

「古都ちゃん、私のぶんまで長生きしてね」

不意に、真子が言った。

「え……？」

「歯痛で苦しんでいる人の気持ちになるために、チョコレートを食べ過ぎてわざと虫歯になっちゃだめだよ」

真子が、古都をみつめた。

やはり、真子は古都の胸のうちを察していた。

「白髪で皺々のおばあちゃんになるまで、幸せな人生を送るんだぞ。約束して」

真子が、小指を掲げた。

古都は束の間、逡巡したのちに遠慮がちに真子の小指に小指を絡めた。

だが、視線を合わせることができなかった。

逡巡——真子との約束を守れないことに……。

3

夏とは思えない七月の冷たい風が、古都の肌だけではなく心をも切りつけた。

チューリヒ郊外の並木道……「レヒト」の煉瓦造りの建物の前のベンチに、古都は座っていた。

ベンチの上に置いたスマートフォンのデジタル時計に視線を落とした。

AM10：20。

古都が到着したのは九時半くらいだったので、もう一時間近くベンチに座っていた。

ポットを握り締めた両手が震えているのは、吹き付ける冷風ばかりが理由ではない。

予定通りなら、海斗のカウンセリングは午前十一時から行われる。

四回目のカウンセリング……最後のカウンセリングで心変わりしないかぎり、夕方には海斗はこの世から消えてしまう。

古都はため息を吐いた。

迷っているわけではなく、決断した。

躊躇いがないと言えば嘘になるが、そうするしかなかった。

海斗を止められるかもしれない最後の手段……。

古都は、重ね合わせていた掌に力を入れた。


——僕以外に、誰が世界と勝負できるんだよ。

——やっと、あなたらしい傲慢さが戻ってきたわね。

——憎まれ口を叩いてないで、早く出て行けよ。もう、タイムリミットだぞ。


「スイスコレクション」のバックステージで密着取材をする古都に、自信満々に言う海斗の顔が記憶に蘇った。

好きになれそうにない男性……むしろ、嫌いなタイプだった。

第一印象とは裏腹に、次第に惹かれてゆく自分がいた。

――これ、あげる。

古都が差し出したのは、高さ十センチほどのモミの木に雪が降るスノードーム。

――え？　なんでいまスノードーム？

――なごり雪に願い事をすれば叶うって、小学生の頃に読んだ本に書いてあったの。

街の本屋で出会った犬のイラストが描かれた小説のセリフを、古都は口にした。

――ロマンチックな話だけど、それがスノードームとなんの関係があるんだ？

――いまは何月？

――三月に決まってるだろ。

――そう、いま雪が降ってくれたらなごり雪になるんだけど、そう都合よくいかないから、スノードームに願いをかければいいわ。ショーがうまくいきますように、って。勘違いしないで。あなたのためじゃなくて、取材を成功させて編集長を喜ばせたいから。

――おまじないなんてしなくても、僕がしくじるわけないだろう？　ま、でも、せっかくだから貰っておいてやるよ。

――素直に受け取ればいいのに。

――君こそ、素直に渡せばいいのに。

かわいげのない海斗も、いま思えば涙が出るほどに愛おしい。

古都は唇を噛み締めた――ポットを握り締める掌が、小刻みに震えた。

空を見上げた。

なごり雪が降れば、願い事を叶えてくれるだろうか？

命を絶とうとしている海斗を、神様は止めてくれるだろうか？

すぐに馬鹿げた思いを打ち消した。

七月の空から、なごり雪が舞うわけがない。

ふたたび記憶を辿るように、古都はゆっくりと眼を閉じた。

――やっぱり、聖母聖堂はここからのアングルが最高だな。

忘れもしない、運命の日。

チューリヒのリンデンホフの丘で、エメラルドグリーンの尖塔屋根の時計台を眺める海斗の横顔を昨日のことのように鮮明に思い出せる。

――初めて好きになった女性だ。

海斗が振り返り、古都をみつめた。

――えっ……。

あのとき、時の流れが止まったような気がした。ずっと、待っていた言葉だったのかもしれない。

――小野寺さん、君のことだよ。

海斗の柔らかで誠実な眼差し(まなざし)を思い出すと、いまでも胸が甘く貫かれた。無言でみつめ合っているときに、古都の頰に冷たいものが触れた。

――君が嫌ならもちろん断っても……。

――お願いします。

フラウミュンスターから海斗に視線を戻した古都は、素直に頭を下げた。

——ありがとう。

海斗の優しい眼差しが、夜気に冷えた古都の身体を温めた。

——遭遇したことのない変な女だから、つき合ってやるよ。

すぐにいつもの傲慢な海斗に戻ったが、瞳は優しいままだった。

——あなたみたいな天邪鬼も誰も相手にしてくれないから、私がつき合ってあげるわ。

古都も、憎まれ口を返した。

二人は互いに吹き出し、申し合わせたようになごり雪の舞うチューリヒの夜空を見上げた。

——五十年後も、この人の隣にいられますように……。

「五十年どころか、五年も経っていないのに……」

古都は、天を仰いだまま眼を開け碧空に呟いた。

なごり雪が願いを叶えてくれるというのは、小説の中の作り話……。

並木道の二、三十メートル先に、桜に押される海斗の車椅子が現れた。

鼓動が早鐘を打ち始めた。

古都はポットを手に、ゆっくりとベンチから立ち上がった。

二人も、古都の存在に気づいた。

十五メートル、十メートル、五メートル……海斗との距離が縮まるのと比例するように、心拍のピッチが速まった。

「古都さん、もう……」

「いいんだ。待っててくれ」

海斗が桜を遮り、自ら車椅子を操縦しながら近づいてきた。

古都の両膝と唇が震え、喉が干上がった。

海斗が、古都の目の前で車椅子を止めた。

何度も唾(つば)を呑み、荒い呼吸を吐いた。

「これ」

不意に、海斗が紙袋を掲げた。

「……なに？」

古都は掠(かす)れた声で訊ねつつ、受け取った紙袋を覗(のぞ)き込んだ。

「これは……」

古都は絶句し、紙袋の中からモミの木に雪が降るスノードームを取り出した。

日本人のモデルで初めて「スイスコレクション」の舞台に立つ海斗に、バックステージで古都がプレゼントしたものだった。

海斗がスノードームを返してきたのは、決意が変わらないという証……古都に告げた別れの意思表示に違いない。

「最後まで、勝手でごめんな」

海斗は古都を見上げて詫びた。

「なによ、それ……どうして、いまになって……ひどいよ……そんなの、ひどすぎる……私の願いを聞いてくれないなら、優しいあなたに戻らないでよ……」

古都の瞳から、みるみる涙が溢れ出した。

「君には、感謝してるよ。でも、こんなことになって、僕の人生に君を巻き込んでしまったことを後悔している」

「……勝手に謝って、勝手に終わらせようとしないでよ！」

古都は叫んだ。

「海斗……カウンセリングには行かないで、私と一緒に日本に戻って！　今度断られたら……もう、海斗を説得することを諦めるわ……」

古都は、命懸けで海斗に訴えた。

声が震えた、膝が震えた……心が震えた。

嘘ではなかった。

これで海斗に願いが通じなかったら……古都はすべてを諦める覚悟だった。

古都は、スノードームの雪を瞳に焼きつけ眼を閉じた。


お願いします。海斗に自殺を思い止まらせてください。願いを叶えてくれたら、私の人生はどうなっても構いません。

スノードームに降る雪に、古都は祈った。


「古都」

懐かしい響き……そう呼ばれたのは、いつ以来だっただろう。

古都は、おもむろに眼を開けた。

「もう、決めたんだ」

海斗が力なく、しかしきっぱりと言った。

古都を見上げる瞳に覇気はないものの、海斗の固い意志が感じられた。

「これ、返すわ」

古都はスノードームを戻した紙袋を、震える手で海斗の膝に置いた。

「もう……あなたを日本に連れ戻すことを諦めたわ」

掠れた声で、古都は言った。
嘘ではなかった。
想いのすべてを出し尽くした。
それでも、海斗の心の扉を開けることはできなかった。
「ごめんね……これまで、つき纏ってばかりで……これからも……ずっと好きだよ」
古都は、唇から零れる嗚咽交じりに言った。
これからも……永遠に。
「じゃあ……」
涙に滲む視界を、海斗の車椅子が通り過ぎた。
小走りに海斗を追いかける桜も、泣いていた。
遠ざかる気配……振り返りたい気持ちを堪えた。
振り返れば、未練が出てしまう。
なごり雪は、願いを叶えてくれなかった。
本物の雪ならば、違っただろうか？
どちらにしても、もう、手遅れだ。
第一章の幕は、まもなく下りる。
古都はベンチに戻り腰を下ろすと、震える手でポットの蓋を開けた。

強烈な刺激臭が、鼻腔の粘膜を突き刺した。

ポットの中身を蓋に移そうとしたが、手もとが定まらずにうまくいかなかった。

深呼吸をして、気を静めた。

なんとか、中身を移すことができた。

立ち上る刺激臭が増し、古都は咳き込んだ。

黒い蓋に溜まった無色透明な液体に、古都は虚ろな視線を落とした。

ポットの中身は、スイスのスーパーで買った漂白剤を水で薄めたものだった。

薄めたといっても、致死量になるだけの量は入れていた。

スイスには命を絶つためではなく海斗の命を救うためにきたので、ほかに思いつく薬も入手する術もなかった。

方法は重要ではない。

人に迷惑をかけずに確実なこと……それだけだ。

幸いなことに、郊外の雑木林に建つ「レヒト」の敷地周辺に人気はなかった。

本当は、海斗の目の前でそうするつもりだった。

古都が命を懸ければ、海斗が思い止まってくれると思ったのだ。

じっさい、海斗は思い止まったことだろう。

だが、それをしなかったのは、卑劣な女になりたくなかったからだ。

脅迫みたいなやりかたで、願いを叶えたくなかった。

海斗の命は失わなくても、心は失ってしまう。

つき合った頃から、生涯を添い遂げる人と決めていた。

だから……。

「あなたが戻ってこないなら……私も行くね。ずっと一緒なら、場所なんてどこでもいいよね」

古都は微笑もうとしたが、頬の筋肉が引き攣っただけだった。

蓋の中の液体が大きく波打ち、足もとに零れた。

古都は左手で右の手首を摑み、固定して口もとに運んだ。

きつく眼を閉じた。


母さん、父さん、先輩……ごめんなさい。


三人の顔が、脳裏に浮かんだ。

口もとまで上がった右手は、ピクリとも動かなかった。


脳裏の両親が泣いていた。

ごめんなさい……。

古都はふたたび心で詫び、盞を口に近づけた。

母と父の泣き顔が、脳裏から消えなかった。

金縛りにあったように、右手は動かない。

「なんで……」

掠れ声で、古都は呟いた。

「どうして……止まって……お願い……」

願いは通じずに右手の震えは激しくなり、盞の中で大きく波打った劇薬が半分以上零れ落ちた。


海斗のためならなんだってできると言っておきながら、死ぬこともできないの？

放心状態で自問しながら、古都はうなだれた。

足もとに、手から滑り落ちた盞が転がった。

目尻から頬を伝った涙が、爪先を濡らした。

海斗と永遠に添い遂げると言いながら、自分の決意はその程度だったのか？

両親の哀しみを盾に、結局は自分の命が惜しいだけではないのか？

震える唇から漏れた嗚咽が、やがて号泣となった。

滲む視界に、ぼんやりとした影が現れた。

影……球体の中でモミの木に降る雪。

「え……」

古都は、弾かれたように顔を上げた。

車椅子の海斗が、スノードームを差し出していた。

「僕を追って死のうとしたのか？　君って人は、相変わらずとんでもなく無茶な女性だな」

「ごめんなさい……私……私……できなかった……」

古都は、しゃくりあげつつ言った。

「こんな物……。できなくてよかったです！　なんて馬鹿な真似をするんですか！」

蒼白な顔で古都を叱責した桜が、ベンチに置かれたポットを取り上げ中身を地面に捨てた。

「どうして……戻ってきたの？」

涙声で、古都は訊ねた。

「伝説は、本当だったみたいだな」

古都の質問に答えず、海斗はスノードームを頭上に翳し雪を降らせた。

「え……？」

「願ったんだろう？　なごり雪に」

海斗が優しい眼差しで言いながら、スノードームを古都の手に握らせた。

「海斗……じゃあ……」

古都は海斗をみつめ、言葉の続きを瞳で訊ねた。

涙に濡れた視界で、海斗が微笑んだ。

エピローグ

　ボールを叩くラケットの音とコートに軋むタイヤの音が、心地よく古都の鼓膜に流れ込んできた。

　ネット裏に設けられたベンチ……関係者席で、古都、桜、妙子はコートを競技用の車椅子で縦横に動き回る海斗を視線で追っていた。

　競技用の車椅子のタイヤはハの字になっている。

　理由は、タイヤを傾けることで車椅子の回転性能を上げるためだ。

　また、車椅子には転倒防止のキャスターがついているので、コート内を激しく動き回ることができるのだ。

　車輪の外側のハンドリムにはシリコンゴムのカバーが装着されており、ラケットを持つのと反対の手で回転させることで、前進、後進、回転の操縦を可能にする。車のハンドルの役割だ。

「まだ三年も先なのに、いまからこんなに練習しないとだめなものなのかしら？」

　海斗の母……妙子が桜に訊ねた。

「母さんは本当になにもわかってないわね～。三年でも、足りないくらいよ。お兄ちゃんは車いすテニスを始めてまだ三年しか経っていないんだから。出場を目指しているほかのみんなは、十年選手があたりまえよ」

桜が呆れた顔で妙子に説明した。

古都と桜は毎週土日に連れ立って海斗の練習場を訪れているが、妙子とくるのは久しぶりだった。

海斗がボールをラケットで拾うたびに、ギャラリーから黄色い歓声が起こった。

「あの子達、なんで騒いでいるの？」

妙子が桜に訊ねた。

「お兄ちゃんの、追っかけよ」

「追っかけ？」

「うん。ほら、お兄ちゃんはいま、パラリンピックの車いすテニスで注目の的だから」

言いながら、桜がスマートフォンの過去のネットニュースの記事を見せた。

元スーパーモデルの星が、車いすテニス競技の星へと復活！

ネット記事は去年、海斗が車いすテニスを始めて三年目の公式大会で勝利したときのものだった。

健常時の学生時代に強豪テニス部のキャプテンだった海斗は、車いすテニスを始めてから短期間で頭角を現し始めた。

最初こそ競技用の車椅子の操縦に苦戦していたものの、慣れてからは才能を一気に開花させた。

デビューから無傷の公式戦十二連勝を決めており、三年後にパリで開催されるパラリンピックへの出場が早くも期待されている。

海斗がパラリンピックのシングルスの出場枠四人に入るためには、二〇二二年のアジアパラ競技大会または二〇二三年パラパンアメリカン競技大会で優勝し、二〇二四年の六月七日付の車いすテニスシングルス世界ランキングの男子部門で四十位以内に入っていることが条件となる。

シングルスの選考に漏れても成績がよければダブルスでの出場という可能性も残されてはいるが、海斗が狙っているのはあくまでシングルスでの出場だ。

記事には、脊髄を損傷してトップモデルから車椅子生活になった海斗が、車いすテニスプレイヤーに転身するまでの苦難の日々が、インタビューを挟みつつ掲載されていた。

いま海斗を追いかけている女子達は、モデル時代からのファンと雑誌やテレビの報道でイケメン車いすテニスプレイヤーを知ったファンが交ざっていた。

普段の練習でも常に数十人のギャラリーが集まるので、練習コートにネットで囲んだ見学用のスペースが設けられるようになった。

海斗が勤務するスポーツメーカー「スマッシュコーポレーション」にとっても、社員が有名になるほど商品のPR効果が高まる。

三年後にパリで開催されるパラリンピックの出場権を得るために、会社は海斗の生活面も含めて全面的な支援を約束していた。

――アスリートの妻として毎日の料理は大変ね。おまけに、海斗君の世話もあるし。残念だけど、あなたの退職を認めるしかないわね。

古都は海斗とともに帰国してから、結婚するまで「バーグ」に復帰して働いた。退職を申し出たのは、籍を入れて本格的に海斗の身の回りの世話をするためだった。

――なにからなにまで教えて頂き育てて頂いた先輩に恩を仇で返すようで心苦しいのですが……いままで、本当にありがとうございました。このご恩は、一生、忘れません。

――なにあなたらしくない殊勝な言葉を並べてるの！　今生の別れじゃあるまいし。私達は上司部下の関係の前に親友でしょ？　これからだっていつでも会えるし、困ったことがあったらいつでも連絡しておいで。

言葉通り香織は、週に一度は古都と海斗の住むマンションに顔を出し、夕食を共にしたりお酒を飲んだりしながら語り合う仲になった。

「こんなの、出ていたのね。まったく、あの子ったら、私には全然話さないんだから」

ネット記事を読んだ妙子は、言葉とは裏腹にとても嬉しそうだった。

四年前……「レヒト」での自死を思い止まり古都と帰国した海斗と再会したときの妙子の泣き顔が、昨日のことのように脳裏に蘇った。

日本に戻ってからの海斗は、精力的に第二の舞台を探し始めた。


ある日、海斗が唐突に打ち明けた。

――本格的に、車いすテニスを始めようと思ってさ。

――え⁉ 海斗が学生時代にテニスをやっていたのは聞いたことあるけど、腕が鈍っているんじゃない？

――おいおい、馬鹿にするな。ただやっていたんじゃなくて、強豪校のキャプテンでインターハイで準優勝したこともあるんだぞ。

得意げに語る海斗の瞳の輝きに、古都が止める理由などあるはずがなかった。

海斗が人生を懸けてなにかを始めたい気になった……スイスで自らの命を絶とうとし

ていた彼のことを思えば、それだけで奇跡、それだけで感謝の気持ちで一杯だった。

古都には、海斗と出会ってから感動した最高の瞬間が三度あった。

一度目はチューリヒのリンデンホフの丘で海斗に告白されたとき、二度目は「レヒト」の前で翻意した海斗がスノードームを差し出してくれたとき、そして三度目は、車いすテニスの公式デビュー戦で初勝利した試合後のインタビュー記事を読んだときだった。

古都は、保存していた海斗の特集記事のフォルダをタップした。

「あ〜、セット取られちゃった！　もう！　なに、あのおっさん！　どうしてあんなに強いわけ！」

インタビュー記事を読もうとした古都を、若い女性のいら立ちの声が遮った。

「あれ、あなた知らないの？　海斗さんの練習相手、前回のパラリンピックで銅メダルを取った人よ」

「銅メダルかなんだか知らないけど、顔では海斗さんが金メダルなんだから！」

十メートルほど離れた見学スペースで声高に喋る女子達の会話に、桜が吹き出した。

女子達の言う通り、「スマッシュコーポレーション」は海斗の専属コーチとしてリオデジャネイロ大会の銅メダリストを招聘していた。

だが、銅メダリスト相手に海斗も互角に食い下がっていた。

車いすテニスは三セット制で二セットを先取したほうが勝ちだが、現在、一セットずつのイーブンだった。

見てますか？　海斗、生き生きとしているでしょう？　あなたが、スイスで背中を押してくれたからですよ。

古都は、心で真子に語りかけた。

帰国してすぐに、礼を言おうと真子の携帯に連絡を入れたときに電話に出た母親に、真子が天国に旅立ったことを聞かされた。

古都から電話がかかってきたら、彼氏とどうなったかを訊(き)いてほしいと真子に頼まれていたらしく、それまでは解約しなかったという。

母親から真子のお墓の場所を聞いた古都は、海斗の命を救ってくれた恩人を墓前で弔(とむら)った。

「お義姉(ねえ)さん、お兄ちゃんの周りに若くてかわいい女の子がうようよいて、心配にならないの？」

興味津々の桜の問いかけに、古都は現実に引き戻された。

「いまさら、ならないわよ。出会ったときは、もっとうじゃうじゃ寄ってきてたしさ」

古都は明るく言い放った。

四年前の地獄を考えると、女性ファンが騒ぎ立ててくれる状況は古都にとって天国だった。

「そうだよね。モデル時代のお兄ちゃんは、端から見ると最低の男だったよね」

「異議なし！」

すかさず古都は合いの手を入れた。

束の間顔を見合わせ、古都と桜は同時に大笑いした。

「お義姉さん」

ひとしきり笑ったあと、桜が真顔を古都に向けた。

「ん？　なに？」

「改めてだけど……あのとき、ひどいことばかり言ってごめんなさい。そして、お兄ちゃんを救ってくれて、ありがとう」

桜の瞳には、涙が浮かんでいた。

「なによなによ、いつの時代の話をしてるの？　そんなに感謝したいなら、コラーゲン鍋でも奢って貰おうかしら？　三十路間近の私が瑞々しさを保つには、お金と努力が必要なのよ」

悪戯っぽい顔で、古都は冗談めかして切り返した。

「もちろん！」

泣き笑いの表情で、桜が頷いた。

黄色い歓声が沸き起こった。

昼食タイムで休憩になった海斗に、見学スペースにいた女子達が弁当やサンドイッチを手に駆け寄った。

「今日は、持って行かないほうがよさそうね。多めに作ってきたので、三人で食べましょうか？」

古都は、用意してきた手製弁当の入ったトートバッグを桜と妙子に掲げて見せた。

「そうね。ファンを刺激しないほうがいいかも」

桜が古都に同調した。

「ごめん、今日は妻が弁当を作ってきてくれているから！」

海斗はあっけらかんとした口調で言うと、関係者席に車椅子を向けた。

「呆れた……あの人には、ファンサービスの気持ちはないのかしら？」

「そんなこと言って、本当は嬉しいんでしょう？」

桜が、茶化すように言った。

「嬉しくないわよ！　もっとファンを大切に……」

「女子憧れの的を独り占めできるなんて、恋愛ドラマのヒロインになった気分だろう？」

古都を遮り、いつの間にか目の前にきていた海斗がネット越しに言った。

「その傲慢で自己中心的でナルシストな性格は、死ぬまで直らないわね！　もう、知らないから！」

海斗に言い放った古都は、視線を膝に載せたスマートフォンのディスプレイに落とした。

記者　最後に、海斗さんを支えてくれた奥様に一言お願いします。

古都は、眼を閉じた。
海斗のセリフを読まなくても、古都の心にしっかり刻まれていた。

君が命懸けで救ってくれた僕の命を、これからは二人の幸せのためだけに使うよ。
古都、ひどいことばかり言って君を傷つけたこんな僕を、諦めないでいてくれてありがとう。

古都は眼を開け、傍らに置いていたトートバッグから取り出したモミの木のスノードームを宙に掲げた。
ガラス玉の中で舞うなごり雪に、古都は願った。

五十年後も、海斗と笑顔で寄り添っていられますように。

本書は、二〇二一年三月に小社より刊行された
単行本を加筆修正のうえ、文庫化したものです。

なごり雪

新堂冬樹

令和5年 4月25日　初版発行

発行者●山下直久

発行●株式会社KADOKAWA
〒102-8177　東京都千代田区富士見2-13-3
電話　0570-002-301（ナビダイヤル）

角川文庫 23627

印刷所●株式会社暁印刷
製本所●本間製本株式会社

表紙画●和田三造

●お問い合わせ
https://www.kadokawa.co.jp/（「お問い合わせ」へお進みください）
※内容によっては、お答えできない場合があります。
※サポートは日本国内のみとさせていただきます。
※Japanese text only

ISBN 978-4-04-113661-4　C0193

◇◇◇

角川文庫発刊に際して

角川源義

第二次世界大戦の敗北は、軍事力の敗北であった以上に、私たちの若い文化力の敗退であった。私たちの文化が戦争に対して如何に無力であり、単なるあだ花に過ぎなかったかを、私たちは身を以て体験し痛感した。西洋近代文化の摂取にとって、明治以後八十年の歳月は決して短かすぎたとは言えない。にもかかわらず、近代文化の伝統を確立し、自由な批判と柔軟な良識に富む文化層として自らを形成することに私たちは失敗して来た。そしてこれは、各層への文化の普及滲透を任務とする出版人の責任でもあった。

一九四五年以来、私たちは再び振出しに戻り、第一歩から踏み出すことを余儀なくされた。これは大きな不幸ではあるが、反面、これまでの混沌・未熟・歪曲の中にあった我が国の文化に秩序と確たる基礎を齎らすためには絶好の機会でもある。角川書店は、このような祖国の文化的危機にあたり、微力をも顧みず再建の礎石たるべき抱負と決意とをもって出発したが、ここに創立以来の念願を果すべく角川文庫を発刊する。これまで刊行されたあらゆる全集叢書文庫類の長所と短所とを検討し、古今東西の不朽の典籍を、良心的編集のもとに、廉価に、そして書架にふさわしい美本として、多くのひとびとに提供しようとする。しかし私たちは徒らに百科全書的な知識のジレッタントを作ることを目的とせず、あくまで祖国の文化に秩序と再建への道を示し、この文庫を角川書店の栄ある事業として、今後永久に継続発展せしめ、学芸と教養との殿堂として大成せんことを期したい。多くの読書子の愛情ある忠言と支持とによって、この希望と抱負とを完遂せしめられんことを願う。

一九四九年五月三日